Das berührende Portrait einer kompromißlosen Frau, die im Alter die Liebe und das Leben wiederfindet.

Paulina Neblo war gefeierte Tänzerin und erfolgreiche Choreographin, die Männer lagen ihr zu Füßen, sie hatte eine wundervolle Tochter und eine erfüllte Ehe. Als ihr Mann bei einem Autounfall ums Leben kommt und kurz darauf ihre Tochter stirbt, zieht sie sich aus dem Leben zurück – bis sie mit 70 Jahren beschließt, der scheinbaren Zukunftslosigkeit des Alters trotzig die Stirn zu bieten: Auf einem Laptop beginnt sie, Tagebuch zu schreiben und dabei über ihr Leben zu sinnieren …

Mit Witz, Humor und Charme, aber auch schonungslos und offen stellt sie sich ihrem Alter und der schmerzhaften Vergangenheit. Stück für Stück wirft sie die Melancholie, die wie ein Schatten über ihrem Leben schwebt, ab und entdeckt dabei ein neues Leben – und eine neue Liebe.

»Poetisch und witzig!« *Woman*

»Kaum hat man ein schöneres, authentischeres Porträt des (Liebes-) Lebens einer älteren, würdevollen Dame gelesen.«
Christoph Hirschmann, Österreich

Erika Pluhar, 1939 in Wien geboren, war seit ihrer Ausbildung am Max-Reinhardt-Seminar bis 1999 Schauspielerin am Burgtheater in Wien. Sie textet und interpretiert Lieder, hat Filme gedreht und Bücher veröffentlicht, darunter *PaarWeise* (2007), *Er* (2008) und *Mehr denn je* (2009). 2009 erhielt sie den Ehrenpreis des österreichischen Buchhandels für Toleranz in Denken und Handeln.

insel taschenbuch 4091
Erika Pluhar
Spätes Tagebuch

Erika Pluhar

Spätes Tagebuch

Roman

Insel Verlag

Umschlagfoto: Karl Kofler, Erika Pluhar

insel taschenbuch 4091
Erste Auflage 2012
Insel Verlag Berlin 2012
© 2010 Residenz Verlag im Niederösterreichischen Pressehaus
Druck- und Verlagsgesellschaft mbH St. Pölten – Salzburg
Lizenzausgabe mit freundlicher Genehmigung des Residenz Verlags
im Niederösterreichischen Pressehaus
Druck- und Verlagsgesellschaft mbH St. Pölten – Salzburg
Alle Rechte vorbehalten, insbesondere das
des öffentlichen Vortrags sowie der Übertragung durch
Rundfunk und Fernsehen, auch einzelner Teile.
Kein Teil des Werkes darf in irgendeiner Form
(durch Fotografie, Mikrofilm oder andere Verfahren)
ohne schriftliche Genehmigung des Verlages reproduziert
oder unter Verwendung elektronischer Systeme verarbeitet,
vervielfältigt oder verbreitet werden.
Vertrieb durch den Suhrkamp Taschenbuch Verlag
Umschlag: bürosüd, München
Druck: CPI – Ebner & Spiegel, Ulm
Printed in Germany
ISBN 978-3-458-35791-9

1 2 3 4 5 6 — 17 16 15 14 13 12

Für Angela Praesent,
Belehrende und Freundin,
mein Schreiben und Leben begleitend,
in Trauer und Dankbarkeit.

Daß jemand mit siebzig anfängt, ein Tagebuch zu führen, mag ungewöhnlich sein, aber ich fange heute damit an. Der Sommer neigt sich seinem Ende zu, ähnlich wie mein Leben. Ich scheine einigermaßen gesund zu sein, meine Eltern wurden beide sehr alt, also besteht die Möglichkeit, daß ich vielleicht noch an die zwanzig Jahre zu leben habe. Als ich zwanzig Jahre jung war, meinte ich schon ein volles Menschenleben lang gelebt zu haben, erschien mir meine Zeit auf Erden bereits reichlich bemessen. Das sind Gedanken der Jugend, für die Zeit ein anderes Ausmaß besitzt, die gegenwärtig lebt und nicht vorausdenkt, weil für sie Zukunft unendlich zu sein scheint. Was mit siebzig jedoch zu fehlen beginnt, ist genau das: Zukunft.

Also bedarf es einer intensiveren Wahrnehmung der Gegenwart, also der Tage und all ihrer Täglichkeit, um das Leben noch zu spüren, dachte ich mir. Und wo und wie kann ich dies besser bewerkstelligen, als im täglichen Aufschreiben, im täglichen Notieren der Vorgänge und Ereignisse auch augenscheinlich untätiger und ereignisloser Zeiten? Die Chronistin, die ich ab nun sein möchte, kann vielleicht aus Alltäglichkeiten Lebens-Sinn herausfiltern. Den Sinn dessen, sich immer noch, und alt geworden, hier auf Erden zu befinden. Ich wage also den Versuch, damit heute zu beginnen.

Ja, heute zum Beispiel.

Der Samstag eines Wochenendes im Spätsommer.

(Ich brauche kein Datum. Daten engen ein. Wozu datieren, was sich ohnehin dem Ende zuneigt.)

Aus den umliegenden Häusern dringt kein Laut, alle Bewohner scheinen verreist oder im Schwimmbad zu sein. Auch die Gasse liegt reglos unter der Sonne, kein Auto ist unterwegs. Die hohen Bäume, die mein Haus umgeben, flüstern leise im Wehen der heißen Luft, nur dieses Geräusch ist zu hören. Ich sitze vor dem geöffneten Fenster und habe den bläulichen Schirm meines Laptops vor mir. Wenn ich jedoch die Augen hebe, schaue ich in dichtes Ahornlaub, das sich sanft bewegt. Ja, ich schreibe per Computer, ich konnte das noch erlernen und es fiel mir nicht einmal schwer. Ich werde das Geschriebene täglich ausdrucken und die Papierblätter in eine Mappe legen, dann ähnelt das Ganze ein wenig einem herkömmlichen Tagebuch.

Seit Jahren lebe ich allein. Mein einziges Kind, eine Tochter, starb. Ich möchte darüber nicht mehr sagen, auch hier und jetzt nicht. Jedenfalls sind die lebhaften Stimmen, das Kommen und Gehen, die Geselligkeiten erloschen. Meine Tochter lebte mit mir hier in diesem großen Haus, in dem ich nach wie vor wohne. Obwohl man mir wiederholt sagte, ein alter Mensch, der alleine lebe, benötige eigentlich kein so großes Haus, widersetzte ich mich dieser Belehrung stets auf das entschiedenste. Was heißt *benötigt*, regte ich mich auf, leben wir, alt geworden, denn nur noch im Hinblick auf Notlösungen? Ich möchte alt und allein in einem großen Haus wohnen, basta. Auch wenn ich uralt werden sollte, möchte ich das. Sofern meine Gesundheit und mein Verstand mitspielen, wohlgemerkt. Aber ich hoffe, daß beide im Hinblick auf meine ererbten Gene das auch tun werden.

Zur Zeit jedenfalls funktioniert alles noch leidlich. Meine alten und vom Tanzen geschundenen Knochen schmerzen zwar oft höllisch, vor allem am Morgen, und Namen kann ich mir immer schlechter merken.

Aber wenn ich Spaziergänge mache, kann ich noch recht elastisch dahingehen, und im gedanklichen Aufnehmen und Begreifen gibt es, glaube ich, keinerlei Einschränkungen, mein Kopf spurt noch.

Mein Kopf hat mich mein Leben lang zuverlässig begleitet, muß ich sagen, stets war ich in der Lage, alles um mich herum klug einzuschätzen. Warum ich dennoch so blöde sein konnte, so überaus unklug, wenn es um Liebe und Nähe ging, weiß der Teufel. Aber auch dieses Thema berührt allzu viel Vergangenheit, ich lasse es lieber unangetastet.

Was also ist zum heutigen Tag zu sagen.

Er ist also sommerlich schön. Ich schlief lange am Morgen, da ich nachts mit Schlaflosigkeit zu kämpfen hatte. Ein seltsamer Traum weckte mich, und danach blieb ich lange Zeit wach. Ich hatte geträumt, in einem Flugzeug zu sitzen, das abstürzt. Es fiel und fiel, unaufhaltsam. Ich saß aber ganz ruhig da und dachte nur: Aha, jetzt stirbst du also. Hoffentlich tut der Aufprall nicht allzu weh. Ehe die Maschine jedoch den Boden erreichte und zerschellte, wachte ich auf und starrte in die nächtliche Dunkelheit. Zarte Lichtbahnen fielen durch die Fensterläden, und Grillen zirpten ungewöhnlich laut. Im heurigen Sommer mit seiner beständigen Hitze klingt es manchmal, als befände man sich im Süden. Früher kannte ich dieses nächtliche Lärmen eigentlich nur von den Zikaden im portugiesischen Alentejo oder auf kroatischen Inseln.

Nun, wie auch immer, ich lag und lauschte und

hatte weder Herzklopfen noch einen beschleunigten Atem nach diesem Traum. Und genau das bestürzte mich so, daß ich nicht mehr einschlafen konnte. Daß ich ohne Angst gewesen war, bestürzte mich. Früher war das Flugzeug im Traum immer Symbol all meiner Ängste gewesen, und plötzlich diese Gelassenheit. Wünsche ich mir vielleicht den Tod? Diese Frage beunruhigte mich. Denn ich möchte noch nicht sterben. Eigenartigerweise und trotz allem möchte ich noch nicht sterben.

Ich dachte also nachts über den Tod und das Sterben nach, und diese Gedanken waren es wohl, die mich wach hielten. Aber als ich dann schließlich wieder einschlief, war dieser Schlaf köstlich. Ja, *köstlich.* Bewußt gebrauche ich dieses Wort, es übertreibt nicht. Nichts kann mich zur Zeit mehr beglücken, als tief und entspannt zu schlafen, ich empfinde das als unbeschreibliche Köstlichkeit, als ein Geschenk des Lebens.

Mich scheint zu reizen, fällt mir auf, am Computer Kursivschrift zu verwenden. Entspricht sie doch dem handschriftlichen Unterstreichen von Worten, und früher habe ich in meinen hingeworfenen Briefen und Aufzeichnungen immer vieles unterstrichen. War wohl auch Ausdruck meiner ständigen, brennenden Ungeduld und der stets rasch zu entzündenden Empörung. Bei allem und jedem wurde ich früher so schnell ungeduldig, alles und jedes hat mich früher so rasch empört. *Früher.* Auch ein Wort, das es zu unterstreichen gälte. Wann eigentlich hat dieses Früher sich in ein Jetzt verwandelt, frage ich mich. Vielleicht, nachdem ich den Tod meiner Tochter überlebt habe. Aber auch davor schon, als mein Mann starb, als wir beide im Autowrack eingeklemmt waren und er vor meinen Augen starb, hat mich das stark verändert. Jedenfalls sagte man es. Alle in der Tanz-Company sahen mich immer wieder prüfend an, sie schienen ehrlich besorgt zu sein. Du bist nicht mehr dieselbe, wurde mir gesagt, ist ja verständlich, aber paß auf dich auf, Paulina, wir brauchen dich schließlich. Und ich habe versucht, auf mich aufzupassen. So lange und so gut es ging. Letztendlich mußte ich dann doch das Handtuch werfen und die Company verlassen.

Aber was soll das, ich schweife schon wieder ins Vergangene zurück, Schluß damit.

Also, heute. Die Stille des Hauses erfreut mich. Manchmal durchwandere ich es, setze mich dann irgendwo hin und lasse auch meinen Blick wandern. Es ist ein altes Haus, war ehemals das Landhaus begüterter Städter. Die alte Besitzerin, von der ich es erstand, verbrachte als Kind nur einen Teil des Jahres in dieser damals noch dörflichen Gegend. Noch per Kutsche und mit Sack und

Pack fuhr die ganze Familie aus der Stadt hierher, um die Sommermonate auf dem Lande zu verbringen. Es gab einen Park, ein Pförtnerhaus, Tennisplätze, Weingärten und einen Weinkeller, und eine Allee führte auf das Haus zu. Jetzt ist es von Villen und Appartementhäusern eingekreist, nur mein eigener wilder Garten und die Bäume rundum, die ich nie beschneide, lassen ein Gefühl des Verborgenseins zu. Ich fühle mich in diesem Haus verborgen und geborgen, beides. Nach wie vor fühle ich mich so. Und die heutige Samstagsstille fördert dieses Gefühl.

Am Wochenende kommt meine Zugehfrau meist nicht.

Zugehfrau.

Wie komme ich zu diesem Wort? Noch nie habe ich Hortensia so genannt, auch in Gedanken nicht. Bringt es das Aufschreiben mit sich, alles distanziert zu betrachten und umständlich Worte zu benutzen, die im Gelebten nicht vorkommen? Ich habe diese Portugiesin, die um einiges jünger ist als ich, immer nur Hortensia genannt. Nur so, und das durch Jahre. Nicht einmal der Begriff *Haushälterin* fiel je zwischen uns, außer vielleicht in ihrer Lohnabrechnung. Hortensia kam in jungen Jahren aus Fayal, einer Azoreninsel, hierher, und bald danach auch in mein Haus. Ihre Mutter hatte sie Hortensia genannt, weil sie die Blüten der Hortensien, die im Sommer ganze Hecken leuchtend blau färben und wie Blumenkränze die Insel zu umwinden scheinen, so sehr liebte. Ich war selbst einmal dort und sah diese Schönheit mit eigenen Augen. Hortensia nickte, als ich davon schwärmte. Aber sie flog nach dem Tod ihrer Eltern nie mehr auf die Insel, nie mehr nach Portugal. Ihr Ehemann ist von hier, also kein Ausländer, und er und die Kinder und Enkelkinder reisen lieber in die Karibik oder nach Thailand, wie alle Menschen heutzutage, und hatten nie Lust, Hortensias Heimat zu besuchen. Sie ist eine stille Frau, immer war sie still. Mir scheint, sie lebte immer, ohne aufzubegehren, und so, wie man es von ihr verlangte. Aber in meinem Haus fühlt sie sich wohl, glaube ich. Auch heute noch schließt sie, wenn sie am Vormittag kommt, das Gartentor und dann die Haustür mit dem Lächeln einer Verliebten auf. Ja, sie liebt mein Haus. Und diese Liebe verbindet uns, denn auch ich liebe es.

Sieh an, einige Seiten sind bereits geschrieben. Der Wind hat sich verstärkt, das Laub rauscht, aber wolkenlos blau ist der Himmel. Ich werde aufhören zu schreiben und mich ein wenig in die Sonne legen. Früher konnte ich das stundenlang, ich konnte stundenlang fast bewegungslos in der Sonne liegen und dabei in einen Zustand des Entrücktseins geraten. Jetzt ertrage ich es nur noch ganz kurze Zeit. Ich weiß nicht, ob das an meinem Alter liegt, oder an der Sonne, die in den letzten Jahren aggressiver geworden zu sein scheint. Aber wie auch immer, jetzt werde ich auf die Dachterrasse hochsteigen, die über der gartenseitigen Veranda liegt, und mich eine Weile auf die hölzerne Liege hinstrecken. Ich werde mich trotz meines Alters ausziehen und den warmen Wind über meinen nackten Körper streichen lassen. Diese Berührungen, die des Windes, der Sonne, eines Regenschauers, schenken auch einer alten Haut jugendliche Empfindungen. Mit Menschenhänden, in meinem Fall waren es Männerhände, läßt sich solches wohl nie mehr bewerkstelligen, also besser, es für dieses Leben zu vergessen.

Sonntag.
Auch heute ist es heiß. Mittags aß ich im Garten des Gasthauses Knöfler, es liegt nicht weit von hier, ist zu Fuß zu erreichen, und traf dort eine der Tänzerinnen der Company, Florinda Bell, die von uns immer Flory genannt wurde. Eine der *ehemaligen* Tänzerinnen, muß ich da wohl schrei-

ben, da es die *Dancing-Company Paulina Neblo* ja
nicht mehr gibt. Mit meinem, also Paulina Neblos Zusammenbruch, zerbrach auch sie. Flory
war damals noch jung, aber sie hatte schon vor
der Auflösung der Truppe zu tanzen aufgehört.
Um die Plackerei des Balletts los zu sein und sich
ganz ihrer großen Liebe widmen zu können, hat
sie geheiratet, und führt jetzt eine unglückliche
Ehe, über die sie sich gern bei mir ausweint. Auch
heute wieder. Ihr Mann betrügt sie offensichtlich
derart unverhohlen und schamlos, daß sie gestern
vor Wut einen Teller nach ihm warf, der ihn am
Auge verletzte. Er mußte ins Krankenhaus, und
jetzt macht sie sich Vorwürfe. Sie heulte, wir
saßen im Schatten der Nußbäume und schwitz-
ten. Mit feuchtem Gesicht saß sie mir gegenüber
und ihre Tränen zogen Linien durch das Make-up,
das sie trotz der Hitze aufgelegt hatte. Ich wußte
nicht recht, was ich zu der Sache sagen sollte, ist
es doch meist unmöglich, Beziehungsjammer auf
tröstende Weise zu kommentieren. »Bitte, Flory,
laß dich endlich scheiden«, sagte ich schließlich.
Was ich erntete, war ein so entsetzter Blick, daß
ich rasch wieder abschwächte. »Oder ihr trennt
euch für eine Weile«, schlug ich vor. Sie schüttelte
den Kopf. »Ich weiß ja nicht, wohin«, sagte sie,
holte ihr Taschentuch hervor und schnäuzte sich.
Dann sah sie mich mit verweinten Augen plötz-

lich sehr eindringlich an. »Außer, ich könnte eine Weile bei dir wohnen. Ginge das?«

Mir wurde noch heißer, als mir schon war. »Ich denke – ich meine – weißt du –«, stotterte ich. Flory senkte mit einem Seufzer den Blick, sah auf ihr Taschentuch und murmelte: »Ist schon gut, lassen wir das.« Ihre Enttäuschung war mir unangenehm, aber ich fügte diesem trüben Satz nichts mehr hinzu. Ich möchte niemanden in meinem Haus beherbergen, obwohl es groß genug wäre, Gäste aufzunehmen. Ich weiß, wie egoistisch und eigenbrötlerisch sich das ausnimmt, aber schon mein Wissen, daß jemand ein paar Zimmer weiter atmet, schläft, sich wäscht, raubt mir alle Ruhe. Als Antonio Neblo, mein Ehemann, starb, zog ich mich endgültig aus jeder Form intimer Gemeinsamkeit zurück. Er war der Mann gewesen, der mir nach mehreren qualvoll verworrenen Liebesbeziehungen eine gleichmäßige und mich auch erotisch besänftigende Liebe geschenkt hat. Als wohlhabender Industrieller, Besitzer eines Konzerns in Spanien, mit weltweit boomenden Niederlassungen, konnte er mir an seiner Seite trotz meiner ständigen finanziellen Mühen mit der Company ein sorgenfreies Leben ermöglichen. So berechnend es klingen mag, aber auch dieser Aspekt fördert das Gelingen einer Liebesgemeinschaft. Wir hatten einige sehr schöne Jahre, bis er starb. Für mich gab es danach keine körperliche Liebe mehr. Und der Tod meiner Tochter ließ mich vollends von allem abrücken, was mit menschlicher Nähe zu tun hat.

Glücklicherweise ertrage ich Hortensias Anwesenheit im Haus gut, ich habe es sogar gern, wenn sie kommt und ich ihre Schritte auf den Gangfliesen höre. Aber immer weiß ich, daß sie nach einigen Stunden wieder gehen wird. Außerdem ist sie eine appetitliche Frau und riecht gut.

Was schreibe ich da eigentlich. Wollte ich doch Gegenwart, nur Gegenwart notieren. Aber vielleicht kann man im Jetzt nur als Resultat seiner Vergangenheit bestehen, vielleicht ist man in jedem Augenblick nichts anderes als der vorläufige und vorübergehende Schlußpunkt all dessen, was *war*.

Ich werde also nicht umhin können, immer wieder in Rückblicke zu geraten, besser, ich verbiete sie mir nicht. Soll dieses Tagebuch mich doch nicht anstrengen, sondern mir freien Lauf lassen. Angestrengt habe ich mich ein langes Leben lang zur Genüge. Und frei gelaufen bin ich viel zu selten.

Wie herrlich dieser heiße Sommertag sich wölbt. Wie köstlich Sonntagsstille ihn erfüllt. Ich war, ehrlich gesagt, froh gewesen, Florys verweintem

Gesicht und ihren anklagenden Augen zu entrinnen. Als ich das kühle Haus betrat, senkte sich sofort der Friede des Einsamseins über mich. Einsamkeit, die nicht mit Verlustgefühlen oder körperlichen Schmerzen verknüpft ist, die Gelassenheit und schlichten Lebensgenuß zuläßt, kann unendlich friedvoll sein. Und ich habe diesen Zustand in Ansätzen erreicht, will mir scheinen. Dunkle, endlos scheinende Wälder der Trauer mußte ich durchschreiten, immer wieder die Hürde des Aufgebenwollens überwinden. Eine Zeit lang wäre ich gerne zu Nichts geworden, aufgelöst, davongeweht. Ich dachte nicht über das Sterben nach, lag mit der Zeit jedoch auch tagsüber halb bewußtlos im Bett, nachdem ich reichlich Beruhigungsmittel geschluckt hatte. Nie *zu* viel, aber sehr, sehr viel. Nur nichts denken müssen, bitte nichts, nichts empfinden! war mein sehnlichstes Verlangen. Das ging durch Monate so, und in dieser Zeit zerfiel die Company. Ich hatte sie gegründet, ihr meinen Stempel aufgedrückt, sie zu internationaler Anerkennung geführt. Sie war, nachdem ich selbst nicht mehr tanzen konnte, neben der Liebe zu meiner Tochter durch Jahre, wie man so schön sagt, »mein Ein und Alles« gewesen. Natürlich fehlte, als ich die Truppe fallen ließ, jeder Antrieb, mein Konzept weiterzuführen. Ich hatte mich nie um eine Nachfolge gekümmert, und niemand folgte mir nach. All die Tänzer und Tänzerinnen, die auf mich eingeschworen zu sein schienen, gingen rasch andere Wege, keiner wollte die Mühen des Managements, Organisierens und vor allem der künstlerischen Verantwortung auf sich nehmen. Und mir war mit einem Schlag gleichgültig geworden, was mit der Company geschah. Als Neblo starb und ich den Unfall nahezu unverletzt überlebt hatte, zwang ich mich noch zum Weiterarbeiten. Aber der plötzliche Tod meiner Tochter schlug mich endgültig nieder, begrub alles andere unter sich, war auch mein Lebensende.

Erstaunlich also, daß ich lebe, wieder einen Sommer erlebe, die späte Sonne durch das Laub leuchten sehe, die warme Luft spüre, die durch das Zimmer streicht, und mich sogar auf ein Glas Rotwein und Käsebrote freuen kann, auf meinen geruhsamen Abendimbiß vor dem Fernsehschirm, wenn ich die Abendnachrichten verfolge. Ja, daß mich Nachrichten und Ereignisse des Weltgeschehens überhaupt noch interessieren. Daß ich siebzig Jahre alt werden konnte, ohne zu verblöden und von physischen Altersbeschwerden arg geplagt zu sein. Sicher, mein seit Kindertagen vom Ballett geschundener Körper jammert manchmal ein wenig vor sich hin, andererseits bin ich durchtrainiert genug gewesen, zu keiner fetten alten Frau zu werden, nicht zu hinken oder mich schwer zu bewegen. Ich habe ein paar Freunde, die ich ab und zu treffe und die bei meinem Anblick behaupten, ich sähe gut aus. Ich sähe *immer noch* gut aus. Ohne diese Beifügung wird man ab einem gewissen Alter ja nicht mehr beurteilt, alles, was ist, ist *noch*. Mir soll es recht sein. Habe ich mich doch eines Tages selbst dazu entschlossen, noch zu leben. Noch weiterzuleben.

Ich glaube, das Mittagessen mit Flory hat mich dazu gebracht, meine Gedanken vermehrt in die Vergangenheit schweifen zu lassen. War sie doch ehemals, in meiner tätigen Zeit, mehr als die anderen Companymitglieder Bestandteil meines täglichen Arbeitspensums. Da sie keine besonders gute Tänzerin war, ich sie aber irgendwie mochte, zwang ich sie oft zum Einzeltraining, um sie »bei der Stange« zu halten. Viele Stunden arbeiteten wir nur zu zweit. Ich tat das auch deshalb, muß ich gestehen, weil sie damals besonders hübsch aussah, was dem Gesamtbild der Company guttat, ich wollte sie nicht fallen lassen.

Wie diese mißglückte Ehe ihrem Aussehen geschadet hat, mußte ich heute denken, als sie mir gegenübersaß. Auch sie ist klarerweise älter geworden, aber so prachtvoll, wie sie früher aussah, hätte daraus eine schöne, reife Frau hervorgehen müssen. Sie jedoch wirkt verbraucht, müde und schlaff, die ständige Eifersucht, das ständige Zurückgewiesenwerden ist es wohl, sie haben ihr Gesicht und ihren Körper gezeichnet. Das kann auch zu viel Schminke, eine auf jung gestylte Kleidung und ein mühsam hochgestütztes Dekolleté nicht verbergen. Im Gegenteil, der Anblick Florys trauriger Brüste ließ auch mich traurig werden. Nichts macht Menschen mehr kaputt als die Unfähigkeit, sich aus unhaltbaren Verbindungen zu lösen. Sich selbst zu erlösen. Diese Erlösung ist, meine ich, die einzige, die zählt. Zumindest, solange wir auf irdische Weise am Leben sind.

Aber genug für heute, ich werde müde.

Das Licht draußen ist um so vieles schöner als der bläuliche Schein des Bildschirms vor mir. Vielleicht schlendere ich jetzt noch eine wenig durch den Garten. An seinem Ende gibt es den alten Liegestuhl, bei Wind und Wetter bleibt der draußen, sein Leinen ist bereits völlig ausgeblichen. Vielleicht bleibe auch ich dann dort und schaue von diesem Liegestuhl aus in das Laub der Bäume hoch, bis es dämmert.

Laub. Schon dieses Wort liebe ich.

Dienstag.

Ich kam einen Tag lang nicht dazu, den Computer zu öffnen. Sonntags blieb ich tatsächlich ziemlich lange im Garten, es war bereits dunkel, als ich mich zu meinem Abendbrot und vor das Fernsehen setzte. Und dann rief Flory an, sie schluchzte in das Telefon und war nicht zu beruhigen. In mir gab es keine Spur Bedauern, eher erfüllte mich Zorn, von ihr so spät noch aus meinem friedvollen Abend gerissen zu werden. Trotzdem schlug ich ihr vor, zu mir zu kommen. Und sie kam. Sie kam sehr bald und in völlig aufgelöstem Zustand, diesmal war sie von ihrem Gatten grün und blau geschlagen worden. Ich holte Eis aus dem Kühlschrank, tat es in einen Waschlappen, und preßte ihn gegen ihr geschwollenes Auge, während sie mir stammelnd und heulend berichten wollte, was geschehen war. »Laß gut sein, Flory«, unterbrach ich sie, »von solchen zwischenmenschlichen Exzessen kann keiner je vernünftig berichten, laß das bitte eure Sache bleiben, nämlich die von dir und deinem Mann.« Da stieß sie meine Hand von sich, die Eisstücke klirrten und kollerten über den Boden. *Ich* sei kalt wie ein Eisblock, schrie sie, und nur, weil ich selbst derart abgekapselt und beziehungslos leben würde, bräuchte ich nicht über die Beziehungen anderer herzuziehen. Das machte mich so wütend, daß ich sie ersuchte, wieder zu gehen. Daraufhin umschlang sie mich, bat um Verzeihung, sie sei schrecklich taktlos gewesen, sie wisse ja, warum ich mich zurückgezogen hätte und alleine sei, was für Schicksalsschläge ich zu erdulden gehabt hätte, ob sie trotzdem bei mir bleiben könne, wenigstens für diese eine Nacht, bitte, bitte. Also sagte ich ja. Dummerweise sagte ich ja. Seit jeher neige ich zu irrationaler Pflichterfüllung und völlig ungerechtfertigtem Verantwortungsgefühl im Umgang mit menschlichen Forderungen. Ich kann schlecht nein sagen und handle dabei oft gegen meine eigenen Wünsche und Bedürfnisse.

Ich servierte Flory sogar noch noch ein Glas Rotwein und fragte, ob sie Hunger habe. Den hatte sie nicht, aber die Rotweinflasche trank sie leer, während sie auf mich einredete. Schließlich lallte sie nur noch Unverständliches vor sich hin und ich schleppte sie ins ebenerdig gelegene Gästezimmer. Dort fiel sie auf das Bett, ehe ich ein Leintuch spannen oder Kissen überziehen konnte, sie fiel um wie tot. Ich breitete eine Wolldecke über sie und überließ sie mit all ihrem Elend der Wohltat eines ohnmächtigen Schlafes.

Bei mir oben drehte ich den Fernsehapparat nochmals an, denn meine Müdigkeit hatte sich in eine Art vibrierenden Ekel verwandelt, den ich vor dem Schlafengehen wieder loswerden wollte. Ich fand es plötzlich so ekelhaft, was Menschen miteinander anstellen, wie sie einander im Namen einer längst getöteten Liebe niedermetzeln. Aber das Fernsehprogramm bot mir keinen gegenteiligen Eindruck, nichts an Tröstung erreichte mich, die Nachtfilme handelten ebenfalls von Beziehungsbrutalitäten und ödeten mich an. Ich ging also sehr spät und von Irritation erfüllt zu Bett. Und es gibt kaum etwas, das ich weniger mag. Mein Gemüt bedarf einer gewissen Reinigung, bedarf des Freiwerdens von Tagesüberlegungen, um mich einschlafen zu lassen. Im Altwerden habe ich gelernt, dies meist zu erreichen, indem ich Gedanken *verweise*. Also gewissen Gedanken verbiete, mich zu bewohnen, sobald sie beginnen, in mir ihr Unwesen zu treiben. Es gelingt, wenn ich mühelos in ein anderes Nachdenken einsteigen kann, in eines über erfundenes, fiktives Leben, also Leben fernab meiner eigenen Lebensrealität. Oft denke ich dann an Filme, die ich liebe. Oder an Tänze. Tänze, nicht getanzte theatralische Geschehnisse! Das sogenannte Tanztheater war nie meines gewesen, ich äußerte immer wieder, auch öffentlich, *wer auf der Bühne Geschichten erzählen will, soll bitte sprechen*. All die Tanztheater-Fans verdammten mich deshalb, aber ich denke, unsere Truppe hatte genau deshalb so großen Erfolg, weil das Gebotene eben nur vom Tanzen handelte. Vom Tanzen um des Tanzens willen. Alle Arten von Tanz boten wir dar, was jedoch hieß, gleichzeitig alle Aspekte von Leben zu enthüllen. Der Mensch muß tanzen. Es gehört ins Repertoire des Menschlichen, zu tanzen. Geburt, Atem, Liebe, Tod, Tanz. So sehe ich das.

Sofort ist sie da, diese unermüdliche Bereitschaft, über das Tanzen zu reflektieren. Ich mußte doch wahrlich eine Zeile freilassen, um mich wieder zu fangen! Mich einzufangen, wie man ein Tier einfängt, das den Zaun durchbrochen und seinen ihm zugeordneten Weideplatz verlassen hat. Zurück in die Grenzen deines jetzigen Lebens und deines Alters, mußte ich mir sagen, hübsch brav auf stiller Wiese grasen, die Zeiten des Tanzens sind vorbei.

Und eigentlich will ich doch notieren, weshalb ich gestern nicht zum Schreiben kam. Daß es an Florys Anwesenheit in meinem Haus lag.

Sie schien noch zu schlafen, als Hortensia am Vormittag kam, jedenfalls hörten wir nichts von ihr. Ich esse immer mit Hortensia, die übrigens vorzüglich kocht. Nur wenn Gäste kommen, bleibt sie lieber in der Küche. Als wir uns also gemeinsam zum Mittagessen setzten, drangen plötzlich Schreie aus dem Gästezimmer herauf. Diese Schreie aus der Tiefe des Hauses erschreckten Hortensia, sie starrte mich entsetzt an. »Das ist meine Freundin Florinda Bell«, sagte ich, »sie hat hier übernachtet.« Dann sprangen wir beide auf und stürzten hinunter. Flory stand im Gästebadezimmer vor dem Spiegel und kreischte haltlos.

Sie sah auch wirklich fürchterlich aus, blutunterlaufen die Augen, Hämatome auf Gesicht und Hals. »Schau, Paulina, was er mit mir angestellt hat, dieses Schwein!« Als Flory mich sah, wurde aus ihrem Entsetzen Anklage, Tränen brachen aus ihren verwundeten Augen, sie ballte die Fäuste und schlug mit ihnen wirr durch die Luft. »Ja, tatsächlich«, ich versuchte möglichst ruhig zu bleiben, »heute sieht es um einiges schlimmer aus als gestern abend, ich glaube, du solltest zu einem Arzt.« »Ich glaube, ich sollte vor allem diesen Kerl erschlagen!« schrie sie. Hortensias Blick traf mich, sie stand wie erstarrt in der Türe, fassungslos ob Florys Verwüstung. Für sie, die stille, ergebene Frau, mußte deren Schreierei wohl wie das Gebrüll einer Wilden wirken. »Flory, ich bitte dich!«, ich umarmte sie und bemühte mich, ihre ruhelosen Fäuste einzufangen, »nicht so, bitte. Nicht Aug' um Auge, Zahn um Zahn, keiner hat was davon, wenn ihr beide anfangen solltet, euch totzuschlagen. Geh bitte zum Arzt, oder in die

Klinik, laß dein Gesicht behandeln, und wenn du nach Hause kommst, rede mit deinem Mann. Macht dem Ganzen ein Ende, wenn es anders nicht mehr geht. Bitte, Flory, komm zur Besinnung.«

Aber sie hörte lange Zeit nicht auf zu schreien und zu zittern, allmählich nur wurde sie ruhiger. Zu guter Letzt jedoch wirkte sie völlig apathisch, starrte ausdruckslos vor sich hin und schluchzte nur noch ab und zu auf wie ein Kind. Hortensia und ich verständigten uns mit Blicken, dann nahmen wir Flory in unsere Mitte und schleppten sie gemeinsam in die Wohnräume hinauf. Dort ließen wir sie in ein Sofa gleiten und sie blieb reglos sitzen, als wäre sie eine Puppe. Unser schönes Mittagessen war kalt geworden, ich zuckte bedauernd mit den Achseln, und Hortensia servierte ab. Flory hockte da, sprach kein Wort, und ich wußte nicht mehr, was ich mit ihr anfangen sollte. Ich wäre so gern wieder allein geblieben. »Kann ich dir jetzt ein Taxi rufen?« fragte ich schließlich. »Was? Ich soll – ?« Flory schien zu erwachen, sie sah mich flehentlich an, und ich wußte haargenau, was jetzt kommen würde. »Begleite mich, Paulina! Bitte! So wie ich aussehe, schaffe ich es nicht, irgendwo alleine aufzutauchen!« Und sie begann wieder zu heulen.

Also was blieb mir übrig, als sie tatsächlich zu begleiten. Ich fuhr mit ihr in die Unfallklinik, wir warteten lange in der Ambulanz, bis eine Ärztin sich ihrer erbarmte und sie in den Behandlungsraum holte. Was die beiden miteinander sprachen, weiß ich nicht, ich saß alleine in einem hässlichen Wartesaal voll lädierter Menschen, sah draußen helle Sonne und verfluchte mein Hierseinmüssen.

Als Flory endlich wieder zu mir heraus kam, sah sie aus, als hätte man aus ihr einen Clown basteln wollen, und ich lachte hell auf. Was auf ihrem Gesicht genäht und zugekleistert worden war, wirkte wie eine lustige Maske. »Lach du nur«, sagte Flory grollend, »die Ärztin meinte, ich soll Anzeige erstatten!« »Meinetwegen, tu das«, sagte ich, »aber tu irgend etwas, um euren leidigen Ehekrieg zu beenden.« »Leidiger Ehekrieg, sagst du!?« schrie Flory auf, »nur weil es dir auf die Nerven geht, soll ich meine Ehe zerstören?!«

Da war Schluß bei mir. »Wenn sie dir immer noch nicht zerstört genug ist, dann laß mich bitte ab nun damit in Frieden«, sagte ich, »du findest ja jetzt alleine nach Hause.«

Ich ließ sie stehen, ging davon, ohne mich nochmals umzusehen, und verließ die Klinik. Im Taxi ließ ich mir den Fahrwind ins Gesicht wehen, denn es glühte vor Empörung. Wie Menschen sich aufführen, die sich dem Geschlechter-Clinch nicht entziehen können, dachte ich. Oder muß ich sagen: Frauen? Benehmen Frauen sich besonders irrational, unvernünftig, hysterisch und inkonsequent? Oder bediene ich Klischees, wenn ich solches behaupte? Lassen Männer dergleichen denn nicht auch immer wieder quälend auf unsereinen los? Können Männer weibliches Verhalten nicht manchmal sogar auf groteske Weise übertreffen?

Mit solchen Gedanken saß ich im Taxi, es fuhr durch den dichten Spätnachmittagsverkehr, die stauberfüllte Luft war heiß, und ich ärgerte mich darüber, das alles denken zu müssen. Was geht es mich an, ob irgendwelche Eheleute einander erschlagen oder nicht, grollte ich, was geht eine Thematik dieser Art mich überhaupt noch an. In diesem Leben will ich mit Beziehungsquälereien, mit diesen sinnlosen Agonien, nichts mehr zu tun haben, nie mehr damit konfrontiert werden, auch ansatzweise nie mehr, nein *überhaupt nie mehr*! Wie gewaltig hätte ich diese drei letzten Worte handschriftlich wohl unterstrichen!

Als ich mein stilles Haus betrat, war ich erschöpft. Ich spürte meine siebzig Jahre. In letzter Zeit ist mir mehr und mehr bewußt geworden, daß man in diesem Alter den Körper und die Seele nicht mehr willkürlich herausfordern sollte. Sie nicht mehr in Anstrengungen und Querelen hineingeraten lassen sollte, die ungesund sind. Und Florys Dilemma ist ungesund für mich, es macht mich krank. Heute kann ich diese schlichte

Feststellung mit einiger Ruhe in meinen Laptop hineintippen.

Aber gestern saß ich vorerst aufgewühlt und heftig atmend auf dem Sofa und ließ die Ordnung und das Schweigen der Räume beruhigend auf mich einwirken. Hortensia hatte alle Spuren des mittäglichen Aufruhrs beseitigt, jedes Kissen, jeder Gegenstand befand sich an seinem Platz, und sie selbst war längst wieder gegangen. Ich war alleine und froh darüber. Aber ich war zu müde, mich jetzt noch an das Tagebuch zu setzen. Auch, weil ich das Geschehene noch nicht überdenken und beschreiben wollte, mir war vielmehr danach, auf ganz andere Gedanken zu kommen. Also öffnete ich eine Rotweinflasche, richtete in der Küche einen kleinen Imbiß zurecht, trug das Tablett zum Fernsehapparat und setzte mich vor das abendliche Programm. Mir war ziemlich egal, was ich sah, ich ließ mich bereitwillig von Bildern und Worten aufsaugen. Allmählich geriet ich in diesen sanft schwebenden Zustand, der mir das Gefühl gab, von mir selbst und all meinen irritierenden Gedanken erlöst zu sein. Ich bin sowohl den ein, zwei Gläsern Rotwein, als auch, ich muß es gestehen, der Möglichkeit des Fernsehens überaus dankbar. Sie helfen mir, meine einsamen Abende immer wieder in diesem Schwebezustand hinbringen zu dürfen. Oft frage ich mich, ob ein

Buch, ein Stickrahmen, das Ticken einer Uhr, das Knacken eines Kaminfeuers, dieser oft von Fernsehhassern beschworene süße Friede vergangener Zeiten, ob mir dieser als alleinstehender siebzigjähriger Frau ähnlichen Frieden geschenkt hätte. Ob er mir nicht am Ende jedes ohnehin schwer zu bewältigenden Tages mein Alleinsein bedrückend gezeigt und mich schwermütig gemacht hätte. Ich bewundere die einsamen, alten Frauen vergangener Jahrhunderte, alle jene, die fähig waren, ihre stillen Abende auszuhalten und durchzustehen. Alter und Einsamkeit anzunehmen und sich das Durchwandern des letzten Lebensabschnitts bewußt zu machen, ist auch heutzutage unumgänglich, wenn man sein Leben in Würde beschließen will. Aber wie gesagt – man muß es nicht an jedem Abend in aller Konsequenz tun, man kann abends bei Rotwein und Brötchen vor dem Fernsehapparat Schutz suchen, kann durch den Bildschirm in die Welt oder in fremde Geschichten hinausschauen, sich in gewisser Weise vom Strom des Lebendigen begleitet fühlen, und den Unerbittlichkeiten eine Weile entrinnen.

Mein Entrinnen gestern blieb jedoch nur ein recht kurzes, denn das Telefon läutete. Ich besitze kein Handy, nur einen alten Apparat, sogar einen, der noch mit einer Wählscheibe ausgestattet ist. Ich wollte mich von ihm nicht trennen und ver-

weigerte bislang alle technischen Neuerungen
auf dem Gebiet der Herumtelefoniererei. Immer
noch sehe ich Neblos Hand auf diesem alten Telefon mit Bedacht die Zahlen wählen, während die
Scheibe sich surrend unter seinen Fingern drehte,
und da ich seine Hände so sehr mochte, sah ich
dem gerne zu.

Aber laß diese Bilder, Paulina. Laß sie ruhen.

Jedenfalls kann ich nicht, wie alle Handybesit-
zer auf Erden es können, den Anrufer feststellen,
ehe ich mich melde oder eben nicht melde. Heb
nicht ab! sagte eine Stimme in mir, und ich weiß
nicht, warum ich ihr nicht gehorchte. Gibt es
doch nichts mehr in meinem Leben, das die Un-
erlässlichkeit, einen Anruf entgegenzunehmen,
rechtfertigen könnte. Nichts mehr ist wirklich
wichtig oder notwendig für mich, nichts mehr hat
das Recht, mich telefonisch aufzustören. Also war
wohl mein leichter Abenddusel schuld daran, daß
ich dennoch aufstand und zum Telefon ging. Er
ließ wohl zu, daß plötzlich das Pflichtgefühl vergangener, beruflicher Zeiten in mir wach werden
konnte, dieses jahrzehntelange Verfügbarsein, das
auch heute schnell wieder von mir Besitz ergreifen will, wenn ich nicht aufpasse. Etwas könnte
ja doch wichtig sein, so wie immer etwas wichtig
war für das Bestehen der *Dancing-Company Paulina
Neblo*. Und wieder, wie in alten Zeiten, springt

die gute Paulina auf und rennt zum Telefon, nicht zu fassen ist das. Aber es war so.

Ich hob also ab, und Flory schrie mir ins Ohr. Sie schrie in meinen friedvollen Fernsehabend hinein und zertrümmerte ihn. »Du hattest recht!« schrie sie, »es geht so nicht weiter! Er war wieder nicht zu Hause, er war bei diesem Weib, und als er kam, lachte er nur, ich sähe putzig aus, vielleicht sollte ich öfter Prügel beziehen, stell dir das vor! So ein herzloses Ungetüm, ich gehe jetzt! Mein Koffer ist gepackt! Darf ich heute noch kommen?«

Und jetzt war es wieder mein Dusel, der mich zu meinem Glück unüberlegt spontan sein ließ, denn ich schrie: »*Nein*!!« (x-fach unterstrichen!!) Er machte mich fähig, sofort abzuwehren, was ich nicht wollte. »Ich hab dir im Spital gesagt, daß ich nichts mehr mit dir und deiner Ehe zu tun haben möchte«, sagte ich ohne Umschweife, »komm du erst mal zu dir, ehe wir uns wieder begegnen, ich kann dein Gejammer einfach nicht mehr hören, verstehst du? Ich muß jetzt so hart zu dir sein, weil ich dich hassen würde, kämst du nochmals in mein Haus. Leb wohl, Flory. Finde du dein Leben, dann höre ich gern wieder von dir.« Und ich legte auf.

Sie meldete sich nicht mehr, aber ich kam trotzdem nicht zur Ruhe, der Abend war mir zerschlagen. Schließlich mußte ich Valium nehmen, um einschlafen zu können, etwas, das ich nach den Zeiten meiner Betäubungssucht jetzt möglichst vermeide. Aber gestern war es notwendig. Florys Ehedrama hatte mich infiziert, das Gift von Kampf und Hass war gegen meinen Willen in meine Seele gedrungen, ich brauchte tiefen Schlaf, um sie wieder zu reinigen. Und ich schlief tief und lange. Als Hortensia gegen Mittag kam, war sie überrascht, mich in der Küche bei einem späten Frühstück vorzufinden.

Jetzt habe ich den Nachmittag an meinem Laptop verbracht, es sind eine Menge Blätter, die ich heute ausdrucken werde, die Mappe füllt sich. Immer noch ist es heiß, aber den Himmel hat schweres, dunkelgraues Gewölk überzogen, Gewitter sind angekündigt. Mir ist das nur recht, mein wilder Garten knistert bereits vor Trockenheit, er bedarf eines kräftigen Regens.

Mittwoch.

Mein Wunsch wurde mehr als erhört. Nach den bis in die Nacht andauernden Gewitterstürmen, nach Donnerschlägen, die das Haus erzittern ließen, und dem grellen Aufzucken gewaltiger Blitze, nach einem Aufruhr der Natur, der sich lange nicht beruhigen wollte, regnet es heute in Strömen. Ein gleichmäßiges schweres Regenrauschen umhüllt das Haus, kaum sieht man noch in den Garten oder auf die Gasse hinaus, die vom Himmel herabstürzenden Wassermassen verwehren undurchdringlich den Ausblick. Ich fühle mich eingeschlossen. Hortensia rief am Morgen an, bei ihnen hätte der Sturm einen Baum vor dem Haus entwurzelt, im Stürzen hätte sein Geäst die Fenster ihrer Wohnung gestreift und einige Scheiben zerbrochen, die müsse ihr Mann jetzt wieder einsetzen. Damit das schneller gehe, wolle sie ihm dabei helfen, es würde ihnen nämlich derzeit in die Zimmer regnen, ob es mir etwas ausmachen würde, wenn sie deshalb heute nicht käme? Natürlich würde es mir nichts ausmachen, sagte ich, und mir tue leid, daß ihnen das passiert sei. Ob die Bäume um mein Haus alle standgehalten hätten? fragte sie, und ich beruhigte, nein, nein, nur ein wenig Astwerk liege im Gras. Ob ich nachts Angst gehabt hätte? »Ich habe keine Angst vor Gewittern«, gab ich zur Antwort, »nicht mehr!«

Manchmal blicke ich auf mein Leben zurück, als wäre es ein fremdes. Erinnerungen tun sich auf wie Szenen eines Films, der nichts mit mir zu tun hat. Das warst du? frage ich mich. Wie konntest du dies oder jenes nur auf diese Weise leben? Wo warst du selbst bei alldem? Ich habe oft den Eindruck, als wäre ich in meiner Vergangenheit nicht vorhanden gewesen, während ich sie Jahr um Jahr durchlebte. Und auch jetzt. Ja, in diesem Augenblick, während meine Finger auf der Tastatur einen Buchstaben an den anderen reihen, überkommt mich wieder die Annahme, in meinem eigenen Leben nicht vorhanden gewesen zu sein. Ich starre durch das Fenster auf die Wand aus herabstürzendem Wasser hinaus und es überschwemmen mich Bilder, in denen eine Frau vorkommt, eine Frau meines Zuschnitts, aber nicht ich.

Ich wollte in meinem Tagebuch doch nur Gegenwart beschreiben. Um mir Gegenwart in diesem meinem Leben, das sich dem Ende zuneigt, gänzlich bewußt zu machen, um das Heute, die Gegenwart dadurch voll auszuschöpfen. Jetzt erkenne ich mehr und mehr, daß dies nicht geht, ohne Vergangenes aufzureißen. Vielleicht sollte ich das Tagebuchschreiben wieder bleiben lassen, wenn ich nicht ertrage, zurückzuschauen?

Als ich zu Hortensia gesagt hatte, ich würde mich »nicht mehr« vor Gewittern fürchten, und dann den Telefonhörer auflegte, brach eine Flut aus versiegt geglaubtem Schmerz über mich herein. Trotzdem setzte ich mich an den Laptop und versuchte kurz in die Beschreibung der Gewitternacht und des heutigen Regentages auszuweichen. Jetzt aber lausche ich dem Strömen des Regens, hinter dem sich eine unsägliche Stille auftut. Die leise klappernden Computertasten werden zu Inseln aus Geräusch im riesigen Meer dieser endlosen, alles verschlingenden Stille. Wie soll ich nur weiterleben, ohne je an Vergangenes zu denken.

Und andererseits stellt sich mir kurioserweise bereits die Frage: Wie soll ich weiterleben, ohne aufzuschreiben? Ohne mich zu Buchstaben, Worten, Sätzen, zum sich mit Schrift füllenden Bildschirm und zu bedruckten Papierblättern hin zu retten?

Aber auch diese Aufschreiberei rettet mich wohl nur, wenn ich dabei zulassen kann, mich zu erinnern. Mich an das Leben dieser fremden Frau, die ich war, zu erinnern.

Ich glaube, das haben die wenigen Tage meines Versuchs, ein Tagebuch zu führen, mich gelehrt. Daß ausschließlich Gegenwart wahrzunehmen sich nicht bewältigen läßt. Daß Gegenwart allzu durchlässig ist für all das, was an anderen, an vergangenen Tagen geschah.

Was fange ich zum Beispiel mit dem Heute an?

Mit dieser Gegenwart *Heute*?

Ich kann das Haus nicht verlassen, ohne klatschnass zu werden, und wozu auch sollte ich es verlassen. Selbst wenn Hortensia heute nicht kommen konnte – der Kühlschrank birgt genug, mich zu nähren, der Weinkeller genug, mich bis zum Delirium hin zu tränken, ich habe das Fernsehen, habe Bücher, ein warmes, trockenes Haus, in dem ich sogar jederzeit die Heizung anstellen könnte, wenn die Regennässe unangenehme Abkühlung bringen sollte. Nur nicht frieren. Ohnehin muß die Seele frieren, immer wieder. Warum es auch dem Körper antun.

Aber noch genügt der Pullover, den ich übergezogen habe.

Von Flory habe ich nach wie vor kein Wort mehr gehört, sie hat sich nicht mehr bei mir gemeldet. Ich weiß das, weil auch mein Telefon seither eisern schwieg. Aber weder Florys Schweigen noch das des Telefons schmerzt oder beunruhigt mich, beides läßt mich nur umso klarer meines Rückzugs und meiner Einsamkeit gewiß sein. Ich brauche diese Gewißheit. Sie schützt mich vor den Gefährdungen der Wünsche und Sehnsüchte, die einem immer wieder auflauern. Es war hart genug, sich für dieses Leben von ihnen zu verabschieden. Sich nicht mehr dazu verführen zu lassen, Menschennähe zu erträumen, nach einem neuerlichen Feld für kreatives Tun Ausschau zu halten, sich mit aller Konsequenz auf das *Nie mehr* einzulassen. Auch wenn Schicksalsschläge (nicht umsonst heißen sie so) einen erschlagen und getötet haben, erwachen im Weiterleben allmählich diese scheinbar unerlässlichen Lebensenergien, die uns wieder lebendig sein lassen. Der Drang, sich über etwas zu freuen oder zu ärgern, zum Beispiel. Sich etwas zu wünschen, sich nach etwas zu sehnen, etwas genießen zu wollen. Eben wieder den Vorstellungen nachzugehen, die man durch lange Jahre vom Leben hatte. Und dann vor allem der scheinbar unstillbare Wunsch, sich auszudrücken! Etwas mit Hilfe der eigenen Anwesenheit auf Erden sichtbar werden zu lassen! Das alles nicht mehr als Lebensantrieb zu benötigen, sich der Stille zu ergeben, unsichtbar zu werden, die Abkehr aufrichtig zu verwirklichen, ist wohl die härteste aller Übungen, um in Würde zu altern und Abschied zu nehmen.

Bei mir war es von frühester Jugend an der Tanz, der mich verlockte, Zeichen zu setzen. Und zwar nicht nur wegen meiner tänzerischen Begabung, nein, sehr bald schon ging es mir um mehr. Als ich begann, ernsthaft Ballett zu tanzen, wollte ich sofort durch Tanz die Welt verändern, nicht mehr und nicht weniger. Mir schien, daß der Mangel an Bereitschaft für das Tanzen menschliches Unglück ausmache, und dem wollte ich entgegenwirken. Alle sollten tanzen, fand ich. Man hielt mich sehr schnell für eine Spinnerin, aber da ich überdurchschnittlich gut tanzte, ließ man mich gewähren.

Noch ehe ich in die Schule kam, konnte ich meine Eltern bereits dazu bewegen, mich als jüngste Teilnehmerin in einen Ballettkurs für Kinder aufnehmen zu lassen, ich lernte tanzen früher als lesen und schreiben. Alles begann so: Als ich mit vier Jahren in ein kinderübliches Weihnachtsballett geführt worden war, hätte ich das Opernhaus danach mit hochroten Wangen und glasigen Augen verlassen, erzählte man mir. Alle dachten, ich würde fiebern, sei krank geworden. Aber es war einzig der fiebrige, glühende Wunsch, Tänzerin zu werden, der mich ab diesem Balletterlebnis erfüllte. Unaufhaltsam sei in folgender Zeit aus einem netten, kleinen Mädchen eine unausstehliche Göre geworden, ich hätte die Eltern auf eine für mein zartes Alter erstaunlich perfide Weise zu drangsalieren verstanden. Das ging so lange, bis ich eines Tages von meiner Mutter mit einem Seufzer, der sich aus Erschöpfung und Erleichterung zusammensetzte, in *Madame Minuits Kindertanzschule* abgegeben wurde. Ja, sie gab mich ab wie ein zu schwer gewordenes Paket und lief rasch wieder davon. Mit winzigen Ballettschühchen an den Füßen und in einem weißen, rüschenverzierten Trikot stand ich vor der großgewachsenen, schwarzgekleideten Madame Minuit, die aus ebenfalls kohlschwarzen Augen prüfend auf mich herabsah. »Bist du nicht doch noch zu klein?« fragte sie. Es war eine Frage, die sie sich wohl selber stellte, aber ich hätte prompt geantwortet: »Nein, gar nicht. Auch Kleine wollen tanzen.« Jedenfalls wurde dies meiner Mutter, als sie mich abholte, lächelnd berichtet, und auch noch hinzugefügt, ich hätte mich als überaus rasch von Begriff und musikalisch-rhythmisch begabt erwiesen, beides erstaunlich für mein Alter. Stolzgeschwellt verließ die Mutter mit mir die Tanzschule. Der Bann war gebrochen.

Ich konnte also wieder das nette, kleine Mädchen werden und keiner rüttelte von nun an noch daran, daß ich »jetzt schon« Tanzunterricht nahm. »Paulina tanzt«, wurde ein geläufiger Satz in meiner Familie. Wenn jemand nach mir fragte, hieß es meist lakonisch: »Paulina tanzt.« Und da ich auch dann, als ich zur Schule ging, jede freie Sekunde bei Madame Minuit verbrachte, galt der Satz fast immer. Ja, Paulina tanzte.

Ich liebte diese dürre, riesengroße Frau. Sie war keine Französin und niemand konnte sagen, warum sie sich ausgerechnet *Madame Minuit* nannte. Mir war egal, wie sie hieß. Ich sah in ihr die Meisterin, eine Priesterin des Tanzes, und wenn sie mir mit ihrem alten, aber biegsamen Körper etwas vorzeigte, verschlang ich sie mit den Augen. Ich fand sie schön. Ihr faltiges, stark geschminktes Gesicht, das streng geknotete, schneeweiße

Haar, die großen Hände mit den braunen Flecken am Handrücken, alles an ihr fand ich schön. Ich glaube, sie war der erste Mensch, in den ich mich verliebte.

Jetzt läutet das Telefon. Ich werde nicht abheben.

Ich *habe* abgehoben, ich Idiot. Es läutete so lange, bis ich es nicht mehr aushielt. »Hier Vincent Keel, ich bin der Mann von Florinda Bell, bitte legen Sie nicht auf«, sagte eine durchaus angenehm klingende Männerstimme, und ich legte nicht auf. Und muß jetzt aufhören zu schreiben, weil er mich trotz des anhaltenden Regens in wenigen Minuten aufsuchen wird, es geht um Flory.

Warum tue ich das nur.

Donnerstag.
Auch heute regnet es. Ein kühler, sanfter Land-regen hat sich nach den Gewittergüssen erhal-ten, und es sieht so aus, als würde er wohl noch eine Weile den heißen Sommer verdrängen. Die Landwirte seien hochbeglückt, sagte man im Fern-sehen, und auch das nasse Gras, das nasse Laub

meiner Gartenwildnis wirkt zufrieden. Als Hortensia kam, nickte sie wohlgefällig. »Wenn Sie es schon nie tun, muß wenigstens der Himmel Ihren armen Garten gießen«, sagte sie. Obwohl sie sich daran hält, keine Gartenarbeit zu verrichten, verstand sie nie, warum ich mir diese verbat. Warum ich zweimal im Jahr die abgefallenen Blätter aufkehren lasse und sonst nichts tue, daß in meinem Garten alles wuchert, wie es will. »Stellen Sie sich vor, daß ich mitten in einem Wald lebe!« versuchte ich Hortensia zu überzeugen, und sie lächelte höflich. Aber ich weiß, daß sie einen gepflegten Rasen und bunte Blumen, einen hübschen, manierlichen Garten eben, nahezu schmerzlich herbeiwünschen würde und nur aus Achtung vor mir nichts darüber verlauten läßt. Ihr Blick hinaus jedenfalls sprach Bände, gerne hätte sie wohl gesehen, daß dieser wohltuende Regen Rosenbeete, Ziersträucher und sorgsam eingefasste Rabatten tränken würde, nicht nur wildes Gras und ungezähmte Ahornbäume.

Warum beschreibe ich all das so ausführlich.

Ich möchte es wohl hinausschieben, den gestrigen Abend zu beschreiben, er hat mich zutiefst überrascht. Aber nicht nur auf unangenehme Weise, ich muß es zugeben. Und genau das ist mir irgendwie peinlich. Ich fühle mich, als hätte ich an Flory einen Verrat begangen, als hätte deren Ehemann mir unangenehm sein *müssen*. Aber was ist nur mit Flory los. Ob alles stimmt, was er mir erzählt hat? Jedenfalls wirkte er vernünftig.

Als er gestern gegen Abend kam, goß es immer noch in Strömen. Seine Jacke war klatschnaß, da er das Auto nicht direkt vor meiner Türe parken konnte und ohne Schirm zum Haus herlaufen mußte. Auch die Haare hingen ihm naß ins Gesicht, er lachte und schüttelte sich wie ein Hund, ehe er das Haus betrat. Ich bat ihn, das Sakko auszuziehen, und hängte es über einem Heizkörper zum Trocknen auf. Dann folgte er mir in den Salon. (»Salon«, sage ich immer noch zu diesem Zimmer, in dem ich kaum noch Gäste empfange, und ich tue das, weil Antonio Neblo es immer so nannte.)

Als Vincent Keel mir gegenüber saß, schaute ich ihn mir genauer an. Das also sollte der von Flory geschilderte Unmensch sein, ein Kerl, der sie ständig betrog und beschämte? Er sah nicht schlecht aus, war schlank, was unter dem Sommerhemd gut zu erkennen war, und der Blick, mit dem er mich maß, wirkte klar und unverstellt. Wir schwiegen eine Weile. Mir war nicht danach, das Wort zu ergreifen, ich saß einfach da und blickte ihn an.

»Verzeihen Sie, Paulina« begann Vincent Keel, stockte aber nach dieser Anrede sofort wieder.

»Ich hoffe, ich darf Sie so nennen?« erkundigte er sich, »denn ich hörte stets nur diesen Namen, wenn es um sie ging.« Ich murmelte: »Aber ja, natürlich«, und er fuhr fort. »Verzeihen Sie also, daß ich Sie zu Hause überfalle, noch dazu an einem so scheußlichen Regentag, aber mit irgendwem muß ich über Flory sprechen, und nur Sie kommen dabei wirklich in Frage.«

»Warum nur ich?« fragte ich ihn.

»Weil sie nur auf Sie hört.«

»Flory hört nicht auf mich«, gab ich ihm wahrheitsgemäß zur Antwort, »ich habe deshalb den Kontakt zu ihr abgebrochen.«

»Ich weiß, daß Sie das getan haben.«

Er seufzte, schwieg nochmals kurz und sah vor sich hin. Dann hob er den Kopf und sprach. Er sprach wie einer, der alles Gesagte schon lange unausgesprochen zentnerschwer in sich getragen hatte, ohne es loswerden zu können.

Mir fällt auf, daß ich versuche, alle Gespräche möglichst präzise wiederzugeben, und da ich nicht allzu viele führe, erinnere ich mich meist weitgehend daran, wie sie abliefen. Ja — und mich *reizt* — auch das fällt mir auf! —, mich an Dialoge präzise zu erinnern und sie niederzuschreiben.

Was Vincent Keel sagte, strömte aus ihm, ohne daß er ein einziges Mal unterbrach. Ich hörte angespannt zu und versuche es jetzt nachzuerzählen.

»Sie wissen, Paulina, wie lange ich jetzt schon mit Flory verheiratet bin. Sie wissen es von Flory. Und alles, was Sie über mich wissen, wissen Sie von Flory. Deshalb wissen Sie mit Sicherheit nur Schreckliches von mir und von unserer Ehe. Aber das wirklich Schreckliche ist, daß Flory Ihnen alles in dieser Weise geschildert hat. Daß sie in der festen Annahme lebt, es sei so. Es sei so, daß ich sie ständig betrügen und keine Zeit für sie erübrigen würde, obwohl sie mir zuliebe das Tanzen aufgegeben hätte, und daß ich gewalttätig sei. Ich weiß, daß jeder Mann, der seine Frau schlägt, das abstreitet, aber ich bitte Sie, mir trotzdem zu glauben, daß nicht *ich* Flory unlängst verprügelt habe. Es war ein Zuhälter, den sie mit ihren ständigen Anschuldigungen, er vermittle seine Nutten an mich, schließlich bis zur Weißglut reizte. Ich weiß, daß dieser Irrsinn schwer zu glauben ist, wenn man Flory kennt, wie Sie sie kennen. Und mir tut leid, Ihnen jetzt von einer anderen Florinda Bell zu berichten, als es diese ehemals so bezaubernde Tänzerin, Ihr besonderer Schützling, für Sie gewesen ist. Aber es muß sein. Gerade Sie, Paulina, sollen endlich die Wahrheit wissen, die Wahrheit über Flory, und letztendlich auch die Wahrheit über mich. Lassen Sie mich von Anfang an erzählen. Aber bitte keine Angst, ich werde mich trotzdem um möglichste Kürze bemühen.

Also. Vielleicht wissen Sie, daß ich Zahnarzt bin. Jedenfalls war ich wegen eines Kongresses in Venedig, als Ihre Company im Teatro La Fenice auftrat. Wie die meisten Ärzte war ich mehr wegen des Vergnügens, denn wegen neuer, zahntechnischer Methoden und langweiliger Vorträge angereist, und da ich Ballett liebe, besuchte ich diesen Tanzabend. Flory fiel mir schon auf der Bühne als besonders hübsch auf. Und anschließend, o Wunder, saß sie im Kreise des Ensembles in der gleichen Trattoria, die auch ich mit einigen Kollegen besuchte. Mir gelang, mit Flory ins Gespräch zu kommen. Ich erfuhr ganz nebenbei, daß Paulina Neblo, die Leiterin der Truppe, vor kurzem Ihren Mann verloren habe und nicht in der Lage gewesen sei, das Venedig-Gastspiel persönlich zu begleiten. Deshalb, Paulina, haben Sie mich nie kennengelernt! Flory sprach bewundernd und voller Mitgefühl von Ihnen, und ich konnte rasch feststellen, wie wichtig Sie ihr waren. Sie kam später zu mir in mein Hotelzimmer und wir blieben nicht nur in dieser Nacht, sondern von da an unzertrennlich beisammen. Kurz darauf heirateten wir. Die Tage in Venedig und die Wochen bis zu unserer Hochzeit verbrachten wir im Rausch leidenschaftlicher Verliebtheit, beide waren wir davon überzeugt, das Glück unseres Lebens gefunden zu haben. Sie verließ Ihre Company Hals über Kopf, obwohl ich sie davor warnte. Nein, nein, lachte sie, Paulina versteht meinen Entschluß, und dieses Gehüpfe habe ich schon lange satt, es wird mir nie abgehen, glaub mir! Und ich glaubte ihr. Eine Weile lang führten wir eine beispielhaft gute Ehe. So lange die Sache für sie neu war und auch die sexuelle Komponente stimmte, war Flory eine vernünftige, fürsorgliche und fröhliche Gefährtin, und ich liebte sie von Herzen. Nicht nur ich war davon überzeugt, mit ihr das große Los gezogen zu haben, auch alle meine Freunde waren dieser Meinung und gratulierten mir immer wieder zum Glücksfall einer so perfekten Ehefrau. Bis die Sache kippte. Ich weiß nicht mehr genau, Paulina, wann und wie sich Florys Wahnsinnsattacken eingeschlichen haben, höchstwahrscheinlich wollte ich es auch lange nicht wahrhaben. Aber sie begann auf völlig irrationale Weise eifersüchtig zu werden. Was dazu führte, daß mein Begehren gewissermaßen erlosch und ich es kaum noch schaffte, mit ihr zu schlafen. Das wiederum schürte ihre Verdächtigungen und allmählich wurde es für sie zur Gewißheit, daß ich sie unaufhörlich betrügen würde. Sie verlor alle Vernunft und Selbstdisziplin, überwachte und bedrohte mich, unsere Ehe wurde zu einer Hölle. Meine Versuche, sie zu einem Arztbesuch, zu einer Therapie zu überreden, quittierte sie mit Wutausbrüchen. Sie war davon überzeugt, daß ich ständig zu Nutten ginge, da sie auch bei peinlichsten Nachstellungen keine Geliebte in meinem Umfeld entdecken konnte. Also mußten es Nutten sein. Sie begann im Rotlichtmilieu aufzutauchen und sich dort umzusehen. Ständig beschuldigte sie irgendwelche Huren, es mit mir zu treiben, und die, natürlich nicht zimperlich, riefen sofort ihre Zuhälter zur Hilfe. Flory wurde immer wieder grün und blau geschlagen, und beschuldigte anschließend mich, es getan zu haben. Mehrmals brachten die Kerle sie mir sogar nach Hause, ich solle besser auf diese Irre aufpassen, hieß es. Kaum waren wir allein, stürzte Flory sich wutentbrannt auf mich und schrie, das käme nur davon, daß ich nie die Finger von den Frauen lassen könne. Ich höre jetzt auf, Paulina, Ihrem Gesicht ist anzusehen, wie angewidert Sie bereits sind. Ab und zu wird Flory völlig vernünftig, das hält manchmal sogar zwei, drei Monate an. Dann scheint sie ohne Erinnerung, ohne Vorwurf, ohne Schatten zu sein, kein Wort über ihren Wahn, Ruhe kehrt ein und ich schöpfe Hoffnung. Aber der unausweichliche, nächste Ausbruch ihrer haltlosen, grundlosen, völlig verrückten Eifersucht wirft mich hinterher noch tiefer in mein Elend zurück. Ja, in mein Elend, Paulina. Ein elendes, qualvolles, unschönes Leben ist das für mich geworden. Ich muß Flory verlassen, lange genug habe ich versucht, durchzuhalten. Aber mir war wichtig, Sie davor aufzusuchen und mit der Wahrheit zu konfrontieren. Auch, weil Flory sich wohl wieder an Sie wenden wird. Damit Sie Bescheid wissen, Paulina, um abwehren zu können, was an Irrsinn auch Ihr Leben aufstören könnte. Und jetzt danke ich Ihnen, daß Sie mir so lange zugehört haben.«

Freitag.
Die lange Rede Vincent Keels so genau wie möglich niederzuschreiben, hat mich gestern erschöpft. Es war bereits später Nachmittag und regnete immer noch. Ich aß früh zu Abend, ein paar Käsebrote zu einem Glas Rotwein, und bemühte mich, nicht mehr über Flory und die schauerlichen Eröffnungen ihres Ehemannes nachzudenken. Es gelang mir rasch, weil ich einen Film, den ich liebe, zum dritten Mal sah, nämlich »Das Meer in mir«, eine spanische Produktion. Der Regisseur war, obwohl um vieles jünger, ein guter Freund Neblos gewesen, und ich lernte ihn bei einem Besuch in Madrid flüchtig kennen. Aber unabhängig davon ist dieser Film für mich ein bedeutender. Ich versank also

in die Geschichte dieses gelähmten Mannes, der sterben, der getötet werden möchte, ohne es heimlich tun zu müssen. Und die Gedanken an mein eigenes Sterben, an Hinfälligkeiten, ehe es dazu kommt, oder an einen plötzlichen Tod, an das End-Spiel dieses meines Lebens, überkamen mich und ich wehrte sie nicht ab. Das Wissen und Erfühlen von Endlichkeit hat in mein Gemüt Eingang gefunden, schon seit längerem, und ich lebe damit. Was bedeutet, ich lebe *gerade noch,* immer am Absprung. Diese Haltung hat das siegreiche *Ich lebe!* junger und jüngerer Tage verdrängt. Zeiten, in denen meine Lebensbejahung nicht abriß, auch wenn ich nicht gerade siegte, auch wenn Verzweiflung, Trostlosigkeit oder Melancholie mich überkamen. Irgendwann, irgendwo, hinter der nächsten Wegbiegung vielleicht, würde Glück mir auflauern. Oder zumindest ein hinreißendes Erlebnis, Freude, Überraschung, all dies. Schließlich war ich am Leben, also war dieses Leben mir auch etwas schuldig. Es ist so lange her, daß diese einfache Schlußfolgerung mir selbstverständlich erschien. Ich erinnere mich nur noch schwach an mein Jungsein zurück, als Zukunft vor mir lag wie ein ewiges Versprechen, es den Tod nur für andere und weit entfernt von mir zu geben schien.

Aber jetzt zurück zu dem Abend vorgestern, als ich Vincent Keel gegenüber saß, er seine Erklärung beendet hatte und draußen immer noch der Regen herabrauschte. Wir schwiegen eine Weile. »Warum soll ich Ihnen das alles glauben?« fragte ich dann. »Weil es leider die Wahrheit ist.« »Wer beweist mir das?« »Niemand«, sagte er ruhig, »weil ich niemandem je davon erzählt habe, ich wollte Flory schützen. Und sie ist wohl die letzte, die Ihnen einen Beweis liefern würde.« »Vielleicht sollte ich mit einem der von Ihnen geschilderten Zuhälter sprechen, um sicherzugehen?« »Das könnte ich arrangieren, Paulina, wenn es für Sie wichtig ist.« Wieder schwiegen wir. »Aber wollen Sie es wirklich?« fragte er dann. »Nein, nicht wirklich«, sagte ich abschließend, »lieber lasse ich mich darauf ein, Ihnen zu glauben.« »Danke«, sagte er.

Wieder herrschte das Regenrauschen und unser Schweigen. Was mache ich jetzt mit diesem Mann, dachte ich, es ist alles gesagt und er könnte wieder gehen. Aber statt ihn höflich hinauszuwerfen, bot ich ihm ein Glas Wein an, weiß der Teufel warum. Er nahm es dankend an, ich holte eine Flasche und Gläser aus der Küche, sogar Nüsse und portugiesisches Salzgebäck tischte ich auf. Du bist von Sinnen, Paulina, sagte ich mir gleichzeitig, das ist Florys Ehemann, der dir eine hanebüchene Geschichte erzählt hat, die zu glauben dir schwerfällt, und du lädst ihn zu einem traulichen Abendimbiß ein! Und es wurde sogar nahezu *traulich*. Weil ich feststellen mußte, daß ich dem Mann zu trauen begann. Ich solle ihn doch bitte auch Vincent nennen, nicht Herr Keel, meinte er bald, und ich stimmte zu. Wir sprachen kaum noch über Flory, es war, als müßten wir uns beide von diesem Thema erholen. Unser Gespräch verlief eine Weile lang nichtssagend freundlich, ich fragte ihn, wo seine Ordination liege, in welchem Stadtteil, und er fragte mich, wie lange ich dieses schöne Haus schon besäße, ob ich es vielleicht geerbt hätte, was ich verneinte, um ihm danach die Geschichte dieser Gegend und der früheren Besitzerin zu erzählen. Wir führten Konversation, etwas, das ich an und für sich nicht leiden kann. Typisch auch, daß ich diesen Teil unserer Unterhaltung jetzt nicht, wie zuvor fast alles, detailliert aufschreiben möchte. Aber des ungeachtet, dieser Mann namens Vincent gefiel mir, ich muß es zugeben. Eine Wärme und Aufrichtigkeit ging von ihm aus, die mich auch unser Geplapper als etwas Hübsches hinnehmen ließ. »Warum haben Sie den Tanz aufgegeben?« Plötzlich stellte er diese dunkle Frage. »Weil ich alt bin«, gab ich die einfachste und unverfänglichste Antwort, »alt und müde.« »So sehen Sie nicht aus.« »So sehe ich auch aus, junger Mann«, sagte ich forsch. »Ich bin kein junger Mann, Paulina.« »Was sonst?« »Mit

54

fast fünfzig ist man kein junger Mann mehr.« »Tja, und mit siebzig ist man eben alt.« Wir sahen uns an. »Diese Altersgespräche!« Vincent seufzte. »Ab Mitte dreißig dreht sich jede Unterhaltung blitzschnell um dieses Thema. Wer wie alt ist, ob die oder der so alt aussieht, wie sie oder er ist, oder viel jünger aussieht, oder in der letzten Zeit sehr gealtert ist, oder verliebt sein muß, weil plötzlich so verjüngt, unerschöpflich kreisen Gedanken und Gespräche um dieses Thema.« Ich weiß nicht genau, warum ich jetzt sagte: »Sie sind um einiges älter als Flory, nicht wahr?« Vielleicht wollte ich nicht weiter auf mein eigenes Alter zu sprechen kommen, um die Gründe, die mich bewogen hatten, die Tanz-Company aufzugeben, nicht mit ihm erörtern zu müssen. Vielleicht erwähnte ich deshalb Florys Alter.

Vincent blickte erstaunt hoch. »Ja«, sagte er nach einer kurzen Pause, »zwölf Jahre. Wenn auch Sie jetzt beim Thema bleiben wollen.« »Will ich.« Wieder weiß ich nicht mehr genau, warum ich es wollte und warum ich in dieser Weise weitersprach. »Denn Flory sieht viel älter aus, als sie ist, und wirkt unglücklich. Während Sie selbst gut aussehen, viel jünger, als Sie sind, und überhaupt nicht unglücklich wirken.« In die Augen des Mannes trat ein Ausdruck, der mich überraschte. Schmerzliche Enttäuschung, würde ich heute dazu sagen, vorgestern abend konnte ich es nicht deuten. Ich fühlte nur eine Veränderung, ein Abrücken. »Sie glauben mir also nicht und halten mich nach wie vor für ein Ungeheuer, an dem Flory zerbrochen ist«, sagte er. Seine Stimme hatte alle Wärme verloren. »Ich halte Sie nicht für ein Ungeheuer, aber mir fällt schwer, Flory all die von Ihnen geschilderten Ungeheuerlichkeiten zuzutrauen. Ich kenne diese Frau seit mehr als zwanzig Jahren, sie war ein bezauberndes junges Mädchen, keine geniale Tänzerin, aber mit dem Charisma einer reinen Seele gesegnet.« »So sah ich sie doch auch!« Vincent wurde zum ersten Mal an diesem Abend laut, »als ein beseeltes, wunderschönes, argloses Geschöpf! In dieses habe ich mich verliebt! In Florinda Bell habe ich mich verliebt! Ich ahnte doch nicht, daß eine Flory Keel aus ihr werden würde, die sich auf perverse Weise angebliche Betrügereien ihres Mannes suggeriert, ihn mit Nutten in Verbindung bringt, sich von Ganoven verbleuen läßt, und einen – ja –«, Vincent schwieg kurz. Mit gesenkten Augen und leiser Stimme fuhr er dann fort, »– ja, einen obszönen Genuß dabei zu empfinden scheint. Das ist vielleicht das Schlimmste.«

Ich nehme an, daß ich Vincent Keel in diesem Augenblick wirklich zu glauben begann. Als er zu Boden sah und sich schwer damit tat, mir das zu sagen. Denn Florys Zerstörtheit, Unruhe und Unglück war mir ja auch schon seit langem auf seltsam peinliche Art unangenehm gewesen, und ich konnte nicht verstehen, weshalb. Weshalb sie derart selbstquälerisch in dieser offensichtlich unhaltbaren Situation verharrte. Auch ich hatte mir schon mehrmals gegen meinen Willen gedacht: Sie scheint es zu genießen. Sie scheint ihre Ehe-Hölle zu *genießen*.

»Gegen alle Vernunft glaube ich Ihnen, Vincent«, sagte ich also, »denn Flory war schon die längste Zeit mit Vernunft nicht mehr beizukommen, und ehrlich gesagt hat es mir mehr und mehr Mühe gemacht, mit ihr zu kommunizieren. Ich verstehe, daß Sie sich von ihr trennen, und ich werde entsprechend reagieren, sollte sich Flory wieder bei mir melden.«

Er hob die Augen, sein Blick hatte sich wieder erhellt. »Das erleichtert mich«, sagte er, »und ich danke Ihnen dafür.«

Wir saßen nur noch kurz beisammen. Da er mich nochmals fragte, wieso ich mich denn entschlossen hätte, die Company gänzlich aufzulösen, und ich nicht über den Tod meiner Tochter sprechen wollte, sagte ich, ich sei sehr müde, und er entschuldigte sich daraufhin, so lange geblieben zu sein. Seine Jacke war trocken und der Regen ein wenig sanfter geworden. Er brach auf. Aber nachdem wir uns bereits endgültig verabschiedet hatten, wandte er sich plötzlich nochmals um und fragte: »Darf ich Sie wohl wieder einmal besuchen kommen?« Wieso *das* denn, dachte ich. Aber seine Frage hatte mich überrumpelt und ich murmelte lächelnd ein blödes »Warum nicht?«, ehe ich hinter meiner Haustür verschwand und sie rasch schloß.

Wie lange ich heute wieder geschrieben habe, den ganzen Nachmittag lang. Es regnet nicht mehr, aber der Himmel ist bedeckt und Feuchtigkeit dampft aus den Bäumen. Hortensia hatte mir leise »ein schönes Wochenende« gewünscht, ehe sie ging, und ich, sicher recht abwesend und unaufmerksam, »Ihnen auch« gemurmelt. Dabei hat sie mir auf ihre fürsorgliche Weise portugiesische Fisch-Croquetten zubereitet, die ich liebe, und eine große Schüssel voll davon im Kühlschrank gelassen, damit meine Wochenend-Nahrung aufgebessert sei. Jetzt will ich aber Ruhe geben, ein stiller Freitagabend tut sich mittlerweile über der Gasse auf.

Die Menschen stürmen aufeinander los und stürzen sich ins ersehnte Vergnügen, suchen den Traum einer freien Zeit zu verwirklichen, und werden unfrei und gejagt dadurch. Ich fühle es an jedem Wochenende, ein atmosphärisches Gefühl ist das. Schon als Kind konnte diese Sonntags-

Sehnsucht, die sich nirgendwo erfüllt und eine Trostlosigkeit ohnegleichen entstehen läßt, mich deprimieren. Ich verstand immer, daß Menschen sich dazumal bei dem Lied *Trauriger Sonntag* scharenweise umbrachten.

Samstag.

Es ist wieder sommerlich schön geworden, jedoch nicht allzu heiß. Der perfekte Tag, ein wenig in die Sonne zu gehen oder im Liegestuhl unter den Bäumen zu lesen. Beides tat ich. Eine Weile genoß ich die Sommerwärme auf der Dachterrasse, aber nicht allzu lange, sogar heute erschöpfte sie mich bald und ich begab mich wieder ins schattige Haus hinunter. Und plötzlich, ich weiß nicht warum, dachte ich an Virginia Woolf. Vielleicht weil mir bewußt wurde, während ich die Treppen abwärts stieg, wieviel Raum mir zur Verfügung steht, ein ganzes Haus für mich allein. Virginias Buch *Ein Zimmer für sich allein* hatte dazumal mein junges Frausein beeindruckt und zukunftsweisend beatmet, und ich verstehe nicht, daß diese Schriftstellerin heutzutage nahezu in Vergessenheit geraten zu sein scheint. Völlig zu Unrecht, denke ich, Frauen sollten sie lesen, mehr denn je. Vor fast hundert Jahren wußte sie entschiedener Bescheid, als so manche heutige Frauen-Proklamation es tut.

Also holte ich das zerlesene, schmale Bändchen, eine uralte Ausgabe, aus der Bibliothek und ging damit hinaus in die Stille des Gartens. Nur Vogelstimmen waren zu hören, während ich las. Mich rührten die von mir unterstrichenen Sätze, all die Ausrufungszeichen und Bemerkungen am Rand der Buchseiten. Mich rührte die Vehemenz meines jugendlichen Frauwerdens damals. Oder rührte mich schlicht und einfach das Jungsein. Das Jungsein an sich. Obwohl ich früher, am Beginn meines eigenen Altwerdens, frohgemut behauptet hatte, Jugend sei ein geistiges Prinzip und kein körperliches, sei also unabhängig von der Anzahl der Jahre für jeden gesunden Menschen zu bewahren, betrachtete ich jetzt meine Mädchenschrift, die verblassten Bleistiftlinien, als wären es Botschaften aus einer Vorzeit, die ohne mich stattgefunden hatte, oder aus einem Leben fernab dem meinen.

Manchmal mußte ich das Buch sinken lassen und Abstand nehmen, ich legte den Kopf zurück und beobachtete das Spiel des durchsonnten Laubes über mir. Ich war froh, in dieser Weise für mich sein zu dürfen. Dreimal drang das Schrillen des Telefons aus dem Haus, ohne daß ich mich davon hätte aufstören lassen. Um nichts in der Welt wollte ich von Flory hören, aber auch nicht von Vincent Keel oder sonst jemandem. Der Tag verging in Muße, sanft und ungestört.

Jetzt dämmert es bereits und vor dem geöffneten Fenster streicht ein leichter Wind durch die Ahornblätter. Ich habe Hunger und freue mich auf Hortensias Fisch-Croquetten.

Sonntag.
Vor dem geöffneten Fenster herrscht wieder Dämmerung und leises Blätterrauschen. Tagsüber konnte ich diesmal den Sommer und die Wochenendstille nicht genießen, denn ich lag im Bett. Wenn ich nicht gerade ins Badezimmer mußte, um nochmals zu erbrechen. Ob es an den Croquetten lag? Doch Hortensia bereitet mir diese schon seit so vielen Jahren immer wieder zu, und noch nie hat sie verdorbenen Fisch erwischt, sie ist die Vorsicht in Person. Aber gestern abend, nachdem ich reichlich und mit Appetit davon gegessen hatte, wurde mir recht bald übel. Vorerst schob ich es auf eine Kreislaufschwäche, vielleicht hatte ich doch etwas zu viel Sonne abbekommen,

ich dachte lange nicht an Hortensias Fisch-Croquetten. Aber als ich mich immer wieder übergeben mußte, kam ich um diesen Verdacht nicht mehr herum. Es wurde eine scheußliche Nacht. Wenn einem derart schlecht ist, daß der Körper stundenlang revoltiert, sind Nächte, die man allein verbringen muß, wie Abgründe. Man stürzt in sie, Dunkelheit und das Gefühl tiefster Verlassenheit greifen nach einem. Ich kotzte also vor mich hin und wimmerte zwischendurch wie ein Kind. Gegen Morgen konnte ich ein wenig schlafen, denn die Abstände zwischen meinen Badezimmer-Besuchen wurden länger. Irgendwann war ich fähig, in die Küche zu wanken und mir Tee zuzubereiten.

Gegessen habe ich heute noch nichts, ich dämmerte im abgedunkelten Schlafraum vor mich hin und war nur froh, daß mein Körper sich langsam wieder als der meine erwies, mir zur Verfügung stehend und in vertrauter Weise auf mich reagierend. Wenn der eigene Körper zum Feind wird, erschreckt mich das. Schon eine Fischvergiftung, von der ich schließlich weiß, daß sie wohl oder übel zu überleben sein wird, erweckt in mir panische Empfindungen. Ich erschauere dann vor der Distanz zu meinem eigenen Körper. Mir ist, als umhülle mich Fremdheit und Vernichtung an Stelle eines Organismus, in dem ich über siebzig Jahre lang – ich möchte sagen – *wohnte*. Ja, ein Zuhause ist dieser Körper mir in diesem bereits sehr langen Leben gewesen. Er war noch nie lebensbedrohlich krank. Ich kam immer wieder mit dem Schrekken davon, sporadisch auftauchende Verdachtsmomente einer Erkrankung gröberen Ausmaßes erwiesen sich als nichtig, störten nur kurzfristig und waren meist leicht wieder zu beheben. Den eigenen Körper nur noch als krankheitsbedingte Lebensbedrohung um sich zu wissen, in ihm das ständige Bewußtsein eines baldigen, unaufhaltsam näherrückenden Todes mit sich tragen zu müssen, ist eine Vorstellung, die mich bedrückt. Mehr noch, ich ertrage sie kaum. Ich ertrage kaum, mir das vorzustellen. Aber wie viele Menschen leben so. Leben so und sind tapfer. Zeigen ihre Ängste nicht, sprechen nicht darüber, sind neben einem und man behandelt sie auf ahnungslose Weise so, als wären sie das für alle Zeit. Für alle Zeit neben einem und am Leben.

Ich gehöre, glaube ich, zu den Menschen, die von tödlichen Krankheiten nur schaudernd und voll eines kurzfristigen Mitgefühls erfahren, und dann von jeder weiteren drastischen oder gar detaillierten Berichterstattung verschont bleiben möchten. Als hätte man mit so etwas schlicht nichts zu tun. Als sei man selbst aus unerfindlichen Gründen dagegen gefeit. Die anderen sind es, nicht ich! Ja, leider. Leider gehöre ich wohl eindeutig zu diesen Krankheitsverdrängungskünstlern.

Ganz schrecklich gesund, nahezu unverwundbar, wurde ich, nachdem Neblo und bald darauf meine Tochter gestorben waren. Mein Körper beschloß, ebenfalls tot zu sein, obwohl er weiterlebte. Wie in einem Glassarg schien ich mich zu befinden, es war aber einer, den ich mit mir schleppte. Ich tat und erfüllte, was die Tage von mir verlangten, verhielt mich diszipliniert, verwahrloste nicht, aber bewegte mich wie hinter Glas. Um mich konnten Grippewellen toben, ich hätte nackt durch Eis und Schnee laufen, man hätte mich mit verdorbenem Fisch füttern können, ich blieb gesund. Tödlich gesund.

Aber ich möchte jetzt nicht bei dieser Erinnerung verharren. Auch wenn sich mittlerweile meine Abwehr gegen das Eindringen von Vergangenheit ins Tagebuch gelockert hat. Aber bitte nicht jetzt. Jetzt nicht diese Erinnerung. Zu schwach fühle ich mich heute, ihr standzuhalten. Körperliche Schwäche verhindert meine seelische und geistige Kraft, ich neige dann dazu, in Selbstmitleid und in der Traurigkeit zu zerfallen, ein wehrloses Bündel zu werden. Das weiß ich. Heute nacht zum Beispiel, als ich mir stundenlang die Seele aus dem Leibe kotzte. Da konnte ich nur noch jammern wie eine, die im Sterben liegt, obwohl ich wußte, daß ich daran nicht sterben würde.

Ein einziges Mal war ich ernsthaft gefährdet. Da die Premiere eines Ballettabends, bei dem ich selbst auch noch mittanzte, vor der Tür stand, hatte ich eine gefährliche Blinddarmentzündung verschlampt. Konsequent negierte ich meine anhaltenden Schmerzen und tanzte so lange, bis ich zusammenbrach. Als ich endlich unter das Messer kam, war der Darm perforiert, mein Bauch bereits mit Eiter gefüllt. Man mußte mich mehrmals operieren, denn immer wieder kam es zu entzündlichen Prozessen in der Bauchhöhle. Hinterher, als ich die Sache endlich überstanden hatte, sagte man mir, ich hätte Glück gehabt, an einem Blinddarmdurchbruch würde auch heutzutage noch heftig gestorben.

Danach dauerte es über einen Monat, bis meine malträtierten Gedärme wieder funktionierten. In der Zeit des Genesens, als ich ruhen und mich sorgfältig ernähren mußte, dachte ich über vieles nach. Kein Training, keinen Ballettsaal, keine choreographischen Versuche gab es in diesen Wochen, nur Stillliegen, Schauen, Schlafen. Und ungehindert aufsteigende Gedanken. In dieser Zeit kam ich zu der Erkenntnis, daß es wohl die Ablehnung leidenschaftlicher Gefühle gewesen war, die mir diese Verwundung eingetragen hatte. Der

Mann, dem sie galten, ein hochbegabter Komponist, um einiges jünger als ich, der für unser Ballett geschrieben und in den ich mich verliebt hatte, lehnte es strikt ab, mein Verlangen nach einer bekennenden Zweisamkeit, nach seiner dauerhaften körperlichen Nähe zu erwidern. Nur als sporadische Geliebte war ich ihm recht, nur ja keine Bindung, und das sprach er auch unverblümt aus. Mein weiblicher *Bauch* und keine Spur Verstand oder Intellekt sehnte sich diesmal nach einem Mann, und diese Sehnsucht wurde schonungslos zurückgewiesen. Die Reaktion meines Körpers erschien mir nachträglich als weise und folgerichtig, hatte diese Kränkung ihn doch genau im Umfeld meiner weiblichen Organe krank werden lassen. Trotzdem reiste ich, als es mir besser ging, genau mit diesem Mann nach Venedig, um mich zu erholen. Weiß der Teufel, warum ich es nicht fertigbrachte, mit ihm Schluß zu machen, sondern an seiner Seite neuerlich ein Heil suchte, von dem für mich feststand, daß ich es bei ihm nicht finden würde. Ich belog nochmals mein besseres Wissen.

Es war Winter, Nebel lag über dem Canale Grande, die Fassaden der Palazzi wirkten verwaschen. Am Markusplatz hingen die hochgezogenen Markisen wie müde Vogelschwingen über den Cafés. Damals gab es in Venedig noch Wintermonate ohne Tourismus, das Hotel, in das wir uns zurückzogen, schien kaum besucht zu sein. Unser Zimmer führte in einen verschwiegenen Innenhof, man sah über Dächer zu einigen Kirchtürmen hin. Und als wir miteinander schliefen, ich nach Wochen der Enthaltsamkeit diesen Mann wieder in meinem Schoß begrüßen konnte, begannen plötzlich rundum alle Kirchenglocken zu läuten. Wir lachten. Aber mir war, als hätten sie aufgejubelt, alle Glocken auf einmal, um meine Rückkehr in das Leben und in diese Liebesverbindung zu feiern. Die verdammten Kirchenglocken Venedigs waren es, die mich überredeten, ein letztes vergebliches Mal an die Liebe dieses Mannes zu glauben. Zu glauben, wir wären, und sei es auch auf etwas ungewöhnliche Weise, letztendlich doch *ein ewiges Paar*. Wie oft ich diesem Irrtum aufgesessen bin, bringt mich rückblickend immer wieder dazu, den Kopf zu schütteln. Auch jetzt, während ich in die Tasten klopfe, schüttle ich den Kopf. Warum nur wollte ich das so sehr, frage ich mich jetzt. Zu jemandem zu gehören, mir sicher zu sein, geliebt zu werden, mich in den Armen eines Mannes geborgen zu fühlen. Ich sehnte mich nach alldem und verband es noch dazu mit der Vision einer ewigen, geistvollen, nicht zum Spießeralltag gehörenden Leidenschaft.

Und nicht nur einmal folgte ich dieser Sehnsucht in eine trügerische und nur kurz während Zeit der Erfüllung. Denn nach einer Wegstrecke einhelliger Euphorie, die anfängliche Verliebtheit auszulösen in der Lage ist, folgte nie das ruhige, liebevolle Glück, von dem ich träumte. Die Männer, die mich anzogen, waren durchwegs Freiheitsfanatiker und zugleich Frauenliebhaber, eine gefährliche Mixtur. Sie wollten sich nicht festlegen. Sie wollten nach jeder kurzen, meist rauschhaft heftigen Affäre sehr schnell wieder ungehindert ihres Weges gehen können, um dann weiterhin eine Frau nach der anderen ins Bett zu bekommen. Warum ich mir wieder und wieder Exemplare dieser Art aussuchte, weiß der Teufel. Ja, wirklich der Teufel, denn teuflisch muten mich im Lauf der Jahre diese sich wiederholenden Irrtümer an. Auf Anhieb wirkte jede neue Liebe stets anders als alles, was davor gewesen war, immer wieder jubelte ich: Aber jetzt! Jetzt ist es der Mensch, der Mann, an den ich glauben kann! Und immer wieder erlebte ich das gleiche unfassbare und herzzerreißende Zurückgestoßenwerden und Verlassensein.

Bis ich in reifem Alter Antonio Neblo begegnete.

Ich möchte mir selbst im Tagebuch unsere Liebesgeschichte erzählen, beschließe ich gerade. Um mich gänzlich an sie und an Neblo zu erinnern. Ich nannte ihn stets nur Neblo. Ich möchte aufschreibend an ihn denken.

Aber nicht mehr heute. Viel zu lange sitze ich bereits vor dem Laptop. Ich bin immer noch geschwächt und eigentlich gehöre ich ins Bett. Der späte Sommerabend knistert heiß vor dem offenen Fenster, ich schwitze unter meinem leichten Morgenmantel, den ich immer noch trage. Vielleicht werde ich jetzt doch eine Kleinigkeit zu mir nehmen, etwas Toast vielleicht. Und mir nochmals eine Kanne Tee zubereiten, ich glaube, mein Körper braucht Flüssigkeit. Und danach braucht er unbedingt Schlaf. Eine Nacht von keinerlei Ungemach gestörten Schlaf.

Montag.
Es gelang. Der ungestörte Schlaf gelang. Etwa zehn Stunden schien ich nahezu bewegungslos geschlafen zu haben, denn ich erwachte in Rückenlage und mit zur Seite gebreiteten Armen, genau so, wie ich mich ins Bett gelegt hatte.

Hortensia war bereits in der Küche, als ich frühstücken wollte. Ohne großes Aufhebens davon zu machen, erwähnte ich meine Übelkeit. Fast nebenbei tat ich es, ich wollte sie nicht erschrecken, aber doch einen Hinweis zu den Croquetten geben. Wer aber jetzt mehr als nur Aufhebens davon machte, war Hortensia. Sie regte sich so sehr auf, daß ich erschrak. Sie weinte sogar, schrie ab und zu auf wie ein verletzter Vogel, und war kaum zu beruhigen. Sie benahm sich so, wie ich es bei dieser stillen, beherrschten Frau kaum je angenommen hätte. Nie wieder würde sie zu diesem verdammten Fischhändler gehen, rief sie empört, und es folgten einige Schimpfworte in portugiesischer Sprache, die ich aus ihrem Mund noch nie vernommen habe. Ja, sie sprach sogar davon, den Mann zu verklagen. Schließlich wurde ich laut, was zwischen uns noch nie vorgekommen ist, und befahl ihr, mit dem Gezeter aufzuhören, mir sei ja schließlich weiter nichts passiert, wie sie sehen könne, sei ich putzmunter und hätte gern meinen Frühstückskaffee. Da verstummte sie endlich, wischte sich die Augen trocken und servierte mir kurz darauf ein Frühstück mit besonders knusprigen Brotscheiben und einem frisch geöffneten Glas Orangenmarmelade. Ich möge ihr verzeihen, bat sie nochmals leise, und ich schrie lachend: »Hortensia, *shut up!*« Worauf auch sie zaghaft lächeln konnte, ehe sie in die Küche zurückging.

Über Nacht ist es ein wenig kühler geworden und große weiße Wolken treiben über den Himmel. Ich fröstelte und mußte einen Pullover überziehen. Vormittags läutete wieder einige Male das Telefon, und wieder hob ich nicht ab. Da ich in letzter Zeit kaum noch Telefonate erhalte, kann es sich dabei nur um Flory oder Vincent Keel handeln, und mit beiden möchte ich jetzt nicht sprechen müssen. Mit Flory nicht, weil ich mich nicht mehr auskenne mit dieser Frau, die ich so gut zu kennen meinte. Und mit ihrem Ehemann nicht, weil ich mich bei ihm nicht mehr auskenne mit mir selbst, weil er mir etwas zu sympathisch war, und ich mich in seiner Gegenwart als Verräterin fühlte.

Ich möchte jetzt mein gestern beschlossenes Vorhaben in die Tat umsetzen, ich möchte mich schreibend an Antonio Neblo zurückerinnern. An den einzigen Mann in meinem Leben, mit dem ich verheiratet war. Erstaunlich, daß ich mich so spät noch entschließen konnte, eine Ehe einzugehen. In jungen und jüngeren Jahren hätte ich mir oft gewünscht, der Mann, den ich gerade so inbrünstig liebte, würde mich um jeden Preis heiraten wollen. Aber keiner wollte es und um keinen Preis. Der Komponist zum Beispiel, mit dem ich mich in Venedig hätte erholen wollen, holte dort zu einem endgültigen Schlag aus. Er sei seit ewigen Zeiten verheiratet, sagte er, hätte Kinder, aber seine Frau würde gottlob ebenfalls gern fremdgehen und ihm seine Liebschaften nie vorwerfen. *Liebschaft* und *Fremdgehen*, diese Vokabel schlugen auf mich ein, während er mir im Restaurant des Hotels fröhlich gegenübersaß, und ich verschluckte mich an den in Butter geschwenkten Nudeln, die ich diäthalber aß. Vor den Fensterscheiben regnete es in den nächtlichen Canale Grande, und auch die Boote schienen heftig aufeinander einzuschlagen. Wir und ein altes englisches Paar, das flüsternd miteinander sprach, waren die einzigen Gäste des Restaurants, deshalb gestattete ich mir, in Tränen auszubrechen. Sein fröhliches Gesicht verdüsterte sich sofort. Warum ich heulen würde, fragte er. Und ich sagte, die Narbe auf meinem Bauch täte immer noch weh, was ihn sofort wieder heiter und zufrieden stimmte. Er würde es in dieser Nacht vorsichtiger mit mir treiben, neckte er mich, wir seien wohl etwas zu wild übereinander hergefallen. Ich versuchte, zu lächeln und ihn nicht merken zu lassen, wie sehr auch das *übereinander herfallen* mich verstörte. Weil er unsere Vereinigung, die ich im Klang sämtlicher Glokken Venedigs nahezu geistig empfunden hatte, jetzt so beschrieb, als wären wir Raubtiere. Weil er diese Liebesbeziehung derart unterschiedlich zu erleben schien, als lägen trotz der Nähe, ja Verschmelzung unserer Körper Welten zwischen uns. Nach diesen Tagen im winterlichen Venedig sah ich ihn nie wieder. Ich zog mich zurück, und er machte keinerlei Versuch, mir in diesen Rückzug zu folgen. Auch dies war ein häufig erlebtes Muster bei zeitweiligen Beziehungen: ich konnte mir zwar einreden, diese selbst beendet zu haben, saß jedoch wochenlang heulend in der Nähe des Telefons und erwartete *seine* Stimme! Wie würde ich dieses *seine* handschriftlich unterstreichen! Höhnisch und mehrfach! Weil mir kaum etwas unverständlicher geworden ist als dieser Teufelskreis meiner jahrzehntelang zurückgewiesenen Frauensehnsucht! Ich verstehe rückblickend nicht mehr, daß der jeweilige heißgeliebte Mann sogar die Liebe zu meinem Kind überschatten konnte.

Das vor allem verstehe ich nicht mehr.

Die letzte Überlegung zwang mich zu unterbrechen. Mir war, als müsse ich sie hinwegspülen, deshalb ging ich in die Küche und trank ein großes Glas kaltes Wasser in einem Zug leer. Dann saß ich noch eine Weile untätig vor dem Schreibtisch und schaute in das Ahornlaub hinaus, das heute in einem frischen Wind fächelt.

Aber weiter. Ich wollte es doch wagen, an Neblo zu denken, aufschreibend an ihn zurückzudenken. *Neblo*. Neblo war der erste, einzige und letzte Mann, der mich sofort heiraten wollte. Nach unserer ersten Liebesnacht schon wollte er das, er bat mich ruhig und bestimmt *um meine Hand*. Er formulierte es auch tatsächlich so. »Paulina, ich bitte Sie eindringlich um Ihre Hand«, sagte er. Er sprach ein ausgezeichnetes, aber stets ein wenig pompöses Deutsch, das ich später zu lieben begann. Dieser formelle Heiratsantrag jedoch, mit der ungewöhnlichen Formulierung, er sei *eindringlich*, ließ mich grell auflachen. Kurz wähnte ich, dieser Spanier erlaube sich einen schlechten Scherz mit mir, all mein durch zahllose Enttäuschungen erworbenes Mißtrauen kam schnell zu diesem bitteren Schluß. Neblo hingegen blieb ernst. »Lachen Sie nicht, Paulina«, sagte er, »ich bin kein Freund unüberlegter Bitten, und daß ich Sie so rasch bitte, meine Frau zu werden, ist dennoch die Folge einer zwingenden Überlegung. Ich weiß, daß ich Sie liebe, und ich fühle unsere Gemeinsamkeit. Da wir beide nicht mehr die Jüngsten sind, sollten wir unsere Zeit nutzen und nichts Gültiges mehr auf später verschieben. Sie sehen, ich denke klar, und ich bitte jetzt auch Sie um eine klare und ernste Antwort.«

Ach Neblo, wie recht du hattest. Wie gut und richtig es war, daß wir nichts auf später verschoben haben ...

Ich fühlte mich zwar anfangs doch ein wenig überrumpelt, aber ich lachte nicht mehr. Wir hatten uns nicht in Spanien kennengelernt, sondern beim Empfang zu Ehren eines Gastspiels in Lissabon. Ich war damals, trotz meines Alters, noch Solotänzerin in meiner Truppe, die ich erst vor kurzem gegründet hatte. Die ich nicht trotz meines Alters, sondern eben wegen meines Alters gegründet hatte! Um meine persönlichen Erfolge als Tänzerin durch das Älterwerden nicht verwehen zu lassen. Ich wollte weiterarbeiten, und zwar selbständig und ganz nach meinen eigenen Vorstellungen weiterarbeiten, eine Weile noch tanzend, aber vor allem und bis ans Ende meiner Tage als Choreographin. Und wir hatten schnell Erfolg, was all jene überraschte und begeisterte, die sich mir angeschlossen hatten. Zu Beginn trug die Company noch nicht meinen Namen, den gab ich ihr erst als Paulina Neblo. Sie hieß damals *Dancing Future Company*. Es war eine erregende und intensive Zeit, aber andererseits arbeitete ich bis zur Erschöpfung. Was wir taten, gefiel jedoch, und unsere Gastspiele häuften sich bald. Wie eben die Einladung nach Lissabon, ins dortige *Teatro Coliseo*.

Dieser riesige, angeblich von Eiffel um die Jahrhundertwende konzipierte Veranstaltungssaal, ein bereits schäbig wirkender Kuppelbau, der dennoch den Zauber vergangenen Prunks ausstrahlte, war erstaunlich gut besucht. Erstaunlich, weil man uns in Portugal noch kein bißchen kannte. Und am Ende des Abends wurden wir bejubelt. Mit der Freude, der Erregung, die dieser Jubel mir bereitet hatte, kam ich in das Restaurant, wohin man uns geladen hatte. Ich war in aufgelöster Verfassung, innerlich und äußerlich. Es war heiß in Lissabon, auch die Nacht war noch heiß, und wir alle hatten tanzend unser Letztes gegeben. Eine Mischung aus Euphorie und Erschöpfung ließ mich mehr Rotwein trinken, als ich vorhatte. Und dann stellte mich der portugiesische Veranstalter einem Freund aus Madrid vor, dem unser Abend, und vor allem ich überaus gut gefallen hätte. Ich reichte also Neblo die Hand und er küßte sie. Es war kein Handkuß, wie ihn gute Erziehung fordert. Ich fühlte ihn. Fühlte Neblos Lippen auf meinem Handrücken, als hätten sie meinen Mund berührt. Und dann sah ich in die Augen dieses nicht mehr jungen Mannes und fühlte auch sie, fühlte mich von ihnen umfangen. Ja, Gefühl strömte auf mich zu, vom ersten Augenblick an vermittelte Neblo mir offen und ungeschützt sein Gefühl für mich, so, wie ich es bei einem Mann noch nie erlebt hatte. Und trotzdem blieb er auf kluge Weise sachlich, und das war vielleicht das Schönste daran. Wir saßen einander bald gegenüber, aßen und tranken, was man uns vorsetzte, aber ohne es sonderlich zu beachten. Sehr schnell versanken wir ineinander, da gab es nur noch unser Gespräch, unsere Blicke, unser Einverständnis. Bis Müdigkeit mich plötzlich überrannte und er es bemerkte. »Sie gehören in Ihr Bett, Paulina«, sagte er. Und dann brachte er mich zum Eingang meines Hotels, umarmte mich kurz, sagte: »Auf Wiedersehen«, und ging. Wir hatten uns nicht verabredet, ich hatte keine Ahnung, ob und wann wir einander je wiedersehen würden, war aber zu erschöpft, um darüber nachzudenken. Erst am nächsten Morgen tat es mir leid, diesen Spanier mit seinen guten Manieren, seinem guten Deutsch und dem guten Gefühl seiner Lippen auf meiner Hand nie mehr wiederzusehen.

Dienstag.
Ich sah ihn natürlich wieder. Bald.

Gestern mußte ich aufhören, denn zu heftig hatte das Schreiben mich ins Vergangene zurückgewandt. Mir war, als würde ich wieder in dem altmodisch möblierten Hotelzimmer erwachen. Alles war mir wieder gegenwärtig. Das Lärmen

77

der *Avenida da Liberdade*, dieses großen Boulevards, vor den offenen Fenstern, der Ausblick in portugiesisches Himmelsblau, ein frischer Meerwind, der die weißen Vorhänge bewegte, und die sanfte Betrübnis, mit der ich an Antonio Neblo dachte. Ihn nur dieses eine Mal getroffen zu haben, tat mir leid. Wir hatten noch zwei Vorstellungen in Lissabon, dann fuhr ich nach Hause, ohne von ihm gehört zu haben. Auch der Veranstalter erwähnte seinen Freund nicht mehr, und ich war zu stolz, nach Neblo zu fragen. Aber meiner Tochter gegenüber erwähnte ich ihn kurz, und sie, in ihrer alles durchschauenden, weisen Art lachte sofort auf. »Der klingt gut«, sagte sie, »besser als alles, was ich sonst von dir höre, der meldet sich sicher, glaub es mir!« Und etwa eine Woche später hob ich das Telefon ab und erkannte sofort Neblos Stimme. Er sei in der Stadt und es wäre »höchste Freude« für ihn, mit mir »eine Abendmahlzeit zu teilen«, ob ich vielleicht gleich heute Zeit und Lust dazu hätte? Und ich hatte. Ich hatte Zeit und ich hatte ungeheure Lust. Von da an ging alles sehr schnell. Wir begegneten einander, als hätten wir uns bereits ein Leben lang gekannt. Ich, von Männern förmlich zum Mißtrauen erzogen, erfuhr, was es bedeutet, Vertrauen zu empfinden. Ich vertraute Neblo sofort. Er blieb mehrere Tage und wir trafen uns mehrmals, besser gesagt:

mehrmals an jedem Tag. Und am Abend vor seiner Abreise ging ich, als könnte es nicht anders sein, mit ihm in seine Hotel-Suite, und wir liebten uns. Man kann es nur so beschreiben. *Wir liebten uns.* Von solcher Zärtlichkeit umfangen zu sein, hatte ich noch nie zuvor erlebt. Und auch meine eigene Ungeschütztheit, dieses freie Geben und Nehmen war mir neu. Ja, Neblo, es war schön mit uns. Es war ein spätes, aber nicht zu spätes Geschenk.

Mein Auflachen, als du mich batest, dich zu heiraten, war ein einziges und letztes Aufflackern von Zweifel und Mißtrauen gewesen, in den Jahren unserer Ehe lebte und erlebte ich eine schlakkenlos klare und liebevolle Zweisamkeit, und bis ans Ende meiner Tage werde ich dir dafür dankbar bleiben, Neblo, mein Liebster.

Wieder trank ich in der Küche Wasser und ging auch ein paar Schritte durch den Garten. Wenn das Vergangene allzusehr zur Nähe wird, meine ich mich davor schützen zu müssen. Und Neblo war mir plötzlich so nahe, daß ich vor der Sehnsucht nach seiner Anwesenheit, nach seiner irdischen Umarmung flüchten mußte. Jetzt bin ich wieder ruhiger. Jetzt kann ich wieder zurückschauen und das Gewesene als gewesen betrachten. Diese Fähigkeit brauche ich, um Erinnerung zuzulassen, ohne an ihr zu zerbrechen.

...ieben sehr lange per Sie, Neblo und ich, ...nd mir gefiel diese Distanz, sie schien mir das Vertrautwerden zu behüten. Ganz langsam nur schlich sich das vertrauliche Du ein, es dauerte, bis diese Anrede uns selbstverständlich wurde. Und mit dieser Zartheit und Vorsicht geschah mir alles bei ihm, unsere Intimität geriet nie in ein übereiltes Selbstverständnis, in diese Unachtsamkeit vor dem Geheimnis des anderen. Wir beschützten unsere Nacktheit, die des Leibes und die der Seele. Nie warfen wir einander unsere Würde zum Fraß vor. Und genau das geschieht doch meist, wenn zwei Liebende leidenschaftlich ineinanderstürzen und sich rasch und unbedacht voreinander entblößen. Auch ich bin viel zu oft bereit gewesen, meine gesunde Scheu zugunsten einer wie wild angestrebten Verschmelzung der Körper über Bord zu werfen. Neblo und ich, wir vereinigten uns, *wurden eins*, ohne schamlos zu werden und auch nur einen Hauch von Selbstbestimmtheit, Eigenart, Individualität, oder wie immer man es nennen will, aufgeben zu müssen. Im Gegenteil. Neblo liebte auch, als wir geheiratet hatten, meine Arbeit. Er beriet mich wirtschaftlich, und hatte zum Künstlerischen, zum Tanz, ebenfalls einen klugen, erfahrenen Zugang. Bald nannte ich die Company jetzt nach mir, nach der

Paulina Neblo, die ich geworden war, den Begriff *future* fand ich plötzlich abgegriffen und töricht. Ich selbst hörte zu tanzen auf und das tat mir gut. Ohnehin hatte ich mich nur noch als Figur einge- bracht, als *Farbe*, möchte ich sagen, zu wirklicher tänzerischer Leistung war mein Körper längst nicht mehr fähig. Umso intensiver widmete ich mich ab nun den Einfällen, Fantasien und Mög- lichkeiten der Choreographie, und meine Truppe gewann internationales Niveau. Es waren arbeits- reiche und erfolgreiche Jahre. Und vor allem waren sie reich an liebevoller Zuwendung, an Achtung und an schönstem familiärem Beisam- mensein, denn meine Tochter und Neblo schätz- ten einander überaus. Ich hatte es gut.

Ja, eine Zeit lang hatte ich es wirklich gut.

So ein Zeilenabstand bedeutet Luftholen. Ausat- men. Das Herandrängen von Erinnerungsbildern für eine Weile aufzuhalten. Stillsitzen und in die Bäume schauen. Heute ist es wieder wärmer ge- worden, dunstige Nachmittagswolken schieben sich ab und zu vor die Sonne. Das Telefon schwieg, seit gestern vormittag gab es keinen Anruf mehr. Habe ich mich dabei ertappt, das ein wenig zu be- dauern? Obwohl ich bewußt nicht abhob? Dieses Gefühl, man bemühe sich um mich — bedauere ich, es jetzt nicht mehr zu haben?

81

Ich gehe heute zum Knöfler und esse dort zu Abend, beschloß ich eben. Sicher sitzt man angenehm im Gasthausgarten, sicher ist es lau genug. Schluß für heute mit den Eintragungen. (Kann man Computergeschriebenes überhaupt so nennen? Eine *Eintragung?* – Egal, ich tu es eben. Ich *trage* Schriftzeichen *ein*, auch hier.) Die ausgedruckten Seiten ergeben mittlerweile einen beträchtlichen Stoß, ich werde eine andere, geräumigere Mappe brauchen. Vielleicht gehe ich heute auch noch am Papierladen vorbei. Ich muß ein wenig aus dem Haus, glaube ich.

Mittwoch.

Dieser Wunsch, mein Haus zu verlassen, hatte Folgen, die von mir nicht gewünscht und auch nicht absehbar waren. So leben wir oft arglos von einer kleinen Entscheidung zur anderen vor uns hin, und wissen trotzdem nie, wohin es uns führen wird. Sogar jetzt, als alte Frau, als einsam gewordene Außenseiterin, nicht mehr auf offizielle Weise *im Leben stehend*, sondern Leben nur noch von fern her beobachtend, gewissermaßen im Absprung, kann ich mich dem Zufall nicht entziehen. Immer noch fällt einem etwas zu, immer noch gibt es Wendungen, die überraschen.

Heute regnet es wieder. Ein sanfter, warmer Sommerregen, der nachts einsetzte. Als das Flüstern der ersten Tropfen im Laub begann, lag ich schon längere Zeit wach, und das sich verdichtende Regengeräusch ließ mich endlich wieder einschlafen. Hortensia fand trotzdem, ich sähe müde aus. Nach dem Essen bewog sie mich eindringlich zu einem Mittagsschläfchen, und seltsamerweise ließ ich mich auch ohne Widerspruch dazu bewegen. Ich legte mich auf das Sofa, unter eine leichte Decke, und war blitzschnell eingeschlafen. Vielleicht wollte ich verschwinden.

Aber jetzt sitze ich doch wieder an meinem Laptop, habe das geöffnete Fenster und die nassen Ahornblätter vor mir, Wellen feuchter, warmer Luft dringen zu mir her, und ich möchte mir selbst heute gern näher erklären, was mir gestern widerfuhr. Nachts, als ich nicht schlafen konnte, versuchte ich die Gedanken daran wegzuschieben, weil ich meinte, genau diese würden mich wach halten. Aber ich glaube, es war mein Kampf gegen das Nachdenken, der mich vibrieren und ruhelos werden ließ. Mir gelang nicht, in Erträumungen auszuweichen, das zuvor Erlebte machte sich in mir breit, und ich versuchte, es zurückzudrängen, statt mir zuzugestehen, es zu reflektieren. Und ich übertrieb maßlos, nachts! Und auch vorhin noch, als ich zu schreiben begann. Was war mir denn schließlich schon Großes *widerfahren*? Um das oben von mir selbst gebrauchte Wort kursiv ad absurdum zu führen. Jetzt, wo ich dabei bin, den gestrigen Abend nachzuerzählen, halte ich mich plötzlich nur noch für eine törichte alte Frau. Eine, die so ereignislos lebt, daß sie die geringfügigste Abweichung aus dem Trott der Tage zum Ereignis hochstilisieren muß. Ach Paulina, was ist aus dir geworden.

Ich ging gestern also gegen Abend aus dem Haus. Es war noch früh genug, um im Papiergeschäft meinen Einkauf tätigen zu können. Ich suchte nach breiten Mappen, möglichst nicht aus dem grellem Plastikmaterial, wie Schulkinder sie benutzen, und zu meiner Freude fand ich im Hintergrund des Ladens einige aus einfachem Pappendeckel. Es war ein Restposten, ich nahm sie alle, und schlenderte mit einem großen Papiersack gemächlich zum Gasthaus Knöfler hinüber. Im Garten, unter den Bäumen, waren an diesem warmen Abend fast alle Tische besetzt, aber ich hatte telefonisch für mich reservieren lassen. Und zwar dort, wo ich meist sitze, wenn ich an Sommerabenden ins Gasthaus Knöfler essen gehe. Der Tisch steht ein wenig abseits und ist vom breiten Stamm eines Nußbaums weitgehend gegen die Blicke der anderen Gäste geschützt. Schon mit Neblo saß ich immer dort. Nachdem wir geheiratet hatten, zog er zu mir und meiner Tochter in das Haus, das ich ein paar Jahre davor erstanden hatte und das auch er bald ebenso liebte wie wir. Seine Besitztümer in Spanien veräußerte er, nur eine Wohnung in Madrid gab er nicht auf, da er beruflich immer wieder dort sein mußte. Aber stets blieb er nur so lange unterwegs, wie unbedingt notwendig war, er gründete auch hier eine Niederlassung und versuchte die meisten seiner Geschäfte zu regeln, ohne verreisen zu müssen. Wenn wir beide Zeit hatten, lebte es sich wunderbar in diesem Haus. Und wunderbar in der Gemeinsamkeit mit meiner Tochter. Das alte Gebäude besitzt Güte und Wärme, eine kluge Raumaufteilung, Großzügigkeit ohne jeden Pomp, Gemütlichkeit ohne Enge. Auch jetzt, seit ich es alleine und einsam bewohne, behütet es mich. Ohne alle Räume für mich nutzen zu können, fühle ich mich nie verloren. Das Haus besitzt eine Weitläufigkeit, die nie Leere bedeutet, es bleibt auch in der Stille und Unbelebtheit lebendig. Selbst meine mit ihm verbundenen Erinnerungen, die Abwesenheit der zwei mir liebsten Menschen, und so gesehen der ständige Umgang mit Verlust, all das birgt es auf schonungslose und zugleich tröstliche Weise. Ich wurde gefragt, warum ich nicht weg aus diesem Haus und in eine andere, weniger schmerzhafte Umgebung ziehen wolle. Ja, Flory zum Beispiel hat mich das immer wieder gefragt. Gerade eine andere Umgebung wäre es, die meinen Schmerz verstärken und unerträglich machen würde, gab ich zur Antwort.

Aber wie weit schweife ich ab. Weil ich an Neblo dachte, als ich »unseren« Tisch in Knöflers Gastgarten beschrieb. So oft aßen wir beide dort im Schatten des Nußbaumes, oder an lauen Sommerabenden vor einem Windlicht, und führten dabei unser nie enden wollendes Gespräch. Ja, zu jeder Zeit tauschten wir uns aus. Wir tauschten unsere Meinungen und Ansichten aus, einhellige und gegensätzliche, unsere Ängste und Freuden, die Wellen von Liebe zueinander und auch die der Auseinandersetzungen. Nie verfielen wir banger Wortlosigkeit, diesem lähmenden Schweigen, das bei Paaren nach einiger Zeit meist auszubrechen pflegt. Aber wir plapperten auch nie. Wenn es keiner Worte bedurfte, ließen wir gern Stille zwischen uns gewähren.

Paulina. Komm endlich zur Sache. Beschreibe dir selbst, was gestern abend geschah, dich nachts nicht schlafen ließ, und sich letztlich, wie du weißt, als geringfügige Beunruhigung herausstellen wird.

Also. Meine große Tüte aus dem Papierladen schleppend betrat ich den vollbesetzten Gastgarten und geriet überraschend in lautes Stimmengewirr und Geschirrklappern. Eilig steuerte ich auf den, wie ich meinte, für mich freigehaltenen Tisch zu.

Aber als ich hinter den Nußbaum gelangte, sah ich, daß sich dort bereits jemand befand. Ich sah den breiten Rücken eines wohlbeleibten Mannes, der gerade dabei war, sein Sakko auszuziehen und es sich offensichtlich an »meinem« Tisch bequem zu machen. Ich war empört. Aber ehe ich dazu kam, nach dem Kellner zu rufen, um mich zu beschweren, wandte der Mann sich um. »Paulina!« rief er aus, »man hat mir gesagt, hier sei für dich reserviert!« »Ja. Und?« fragte ich ungehalten. Wer ist das und warum duzt er mich, dachte ich. »Paulina! Ich bin's! Ich wollte dich unbedingt wiedersehen, wenn der Zufall schon so mit uns spielt.« »Welcher Zufall?« fragte ich, »und wer sind Sie?« Da setzte der Mann sich nieder und starrte mich überrascht an. »Hab ich mich so sehr verändert? Ist ja schrecklich«, sagte er, »aber dich hätte ich sofort wiedererkannt, auch wenn ich nicht wüßte, daß du jetzt Neblo heißt und eine Frau Neblo erscheinen würde. Ich bin's! Ich, Maxime!« »*Wer?*« fragte ich verblüfft, obwohl mir langsam klar wurde, wer da vor mir saß. Es war Maxime Freyer, der Komponist aus Venedig. Der, über den ich vor kurzem hier im Tagebuch geschrieben habe! Und diese

Koinzidenz war es auch, die mich so besonders sprachlos werden ließ, nachdem der Schock über sein Aussehen sich gemildert hatte. Der schlanke, ranke, gutaussehende junge Mann von damals hat sich in einen behäbigen älteren Herrn mit wilden, grauen Haarlocken und buschigen Augenbrauen verwandelt, den ich ohne seinen Hinweis niemals wiedererkannt hätte. Er grinste ein wenig verlegen zu mir hoch und seufzte. »Ja, ich bin dick geworden«, sagte er dann, »aber wir haben uns auch seit einer Ewigkeit nicht mehr gesehen, damals war ich eben ein fescher Kerl, und jetzt bin ich ein alter Sack.« Auch mir gelang daraufhin ein Lächeln, und ich zwang mich zu sagen: »Übertreibe doch nicht so.« Dann setzte ich mich ihm gegenüber an den Tisch und wir lächelten beide. »Daß du mich so gar nicht wiedererkannt hast«, sagte er, »jetzt komme ich mir grauenvoll vor, wie ein Monster.« Ich lachte auf. »Aber was! Ich habe dich nur ganz und gar nicht mehr erwartet.« »Was heißt *nicht mehr?*« »Nicht mehr in diesem Leben«, sagte ich. Wir verstummten und starrten uns an. Die erzwungene Heiterkeit war nicht aufrechtzuerhalten, sie wich betretener Ratlosigkeit. »Wie kommst du hierher?« fragte ich schließlich. »Tja, die Macht des Zufalls«, sagte er, »ich lebe ja in Paris – ich weiß nicht, ob du das weißt –« »Nein!« warf ich dazwischen. Ich wollte nach unserer Liebschaft nichts mehr von ihm wissen und hatte mich nie mehr nach ihm erkundigt. Maxime musterte mich. »Dein Desinteresse in Ehren, aber es ist so«, fuhr er nach einer kurzen Pause fort. »Ich arbeite kaum noch hierzulande, aber jetzt hat die Staatsoper mich kontaktiert und ich sprach heute ausführlich und lange mit dem Dirigenten, der hier in der Nähe eine Villa besitzt. Wir waren den ganzen Tag beisammen. Er hat mir dann das Gasthaus Knöfler empfohlen, und ich bin hierhergegangen, um eine Kleinigkeit zu essen, ehe ich ins Hotel fahre. Aber der Garten war voll besetzt, kein Tisch mehr frei. Und der Kellner rief dem Wirt zu, ob »die Neblo« wohl sicher käme?, und der Wirt sagte ja. Da behauptete ich, du würdest mich erwarten. Weil ich sofort wußte, wer diese Neblo ist, deren Lebensweg ich, im Gegensatz zu ihr, ja ständig verfolgt habe! So war das, und deshalb sitzen wir beide uns jetzt gegenüber.« »Aha«, sagte ich, »Oh ja«, sagte er, und wieder schauten wir einander schweigend und ratlos an. Bis der Kellner kam und wir zu essen und zu trinken bestellten, was die Stimmung, wie es meist geschieht, ein wenig anhob. Er begann von seinen beruflichen Plänen zu erzählen, von dem Ballettabend an der Oper, für den er jetzt komponieren würde, und von seiner ständigen musikalischen Arbeit mit einem französischen Symphonieorchester, das alle seine Werke uraufführe und bei dem er sich auch als Dirigent profilieren konnte. Ob ich wirklich nie von ihm gehört hätte? Schließlich seien wir doch nach wie vor im selben Metier tätig? »Gewesen«, sagte ich, »ich bin schon lange weg vom Tanzen.« »Ja, aber davor?« »Davor wollte ich wohl nichts mehr von dir hören«, konnte ich mich nicht enthalten zu sagen. Er setzte das Glas ab, aus dem er gerade getrunken hatte, und sah mich an. Dann nickte er. »Ich kann es nachträglich verstehen«, sagte er, »ich habe mich dir gegenüber nicht anständig verhalten.«

Dieser brave Satz machte mich wütend. Ich verstehe nicht, wie nach so langer Zeit so viel Wut in mir aufsteigen konnte, aber es geschah. »Laß das bitte«, fuhr ich ihn an, »wir haben uns nicht zur Anständigkeit verpflichtet, damals.« »Leider«, sagte er ruhig, »es wäre besser gewesen«. »Für wen?« »Auch für mich.« »Ach ja?« Ich blieb aggressiv und konnte mich nicht bändigen. Ich sah mich selbst, eine alte Dame mit weißen Haaren, die einen alten graulockigen Herrn so anfuhr, als wären es jugendliche Verstrickungen, in denen sie steckten. Gottseidank verbirgt uns der Nußbaum ein wenig, dachte ich, während ich mich über den Tisch zu Maxime hinbeugte und viel zu laut sagte: »Ich hoffe, daß dir wenigstens gelungen ist, dich bei deiner Familie anständig zu verhalten.« »Ich verstehe, daß ich dir ein Greuel bin«, Maxime hob seine Stimme nicht an, er blieb ruhig, »aber ich konnte mich damals einfach nicht zu dir bekennen, tut mir leid. Ich war unfähig, mich neben der lockeren Bindung an Frau und Kinder in irgend einer Weise neu zu binden. Auch meine Familie ging letztendlich deshalb in Brüche. Meine Frau verließ mich eines Tages schließlich doch, weil sie unsere beiderseitigen Freiheiten nicht mehr ertrug, und sie nahm die Kinder mit. Die sind jetzt erwachsen und sie starb vor einem Jahr an Krebs. Ich habe nicht wieder geheiratet, blieb ungebunden, wie ich es immer gewollt hatte, und lebe jetzt, nach Jahren viel zu vieler Frauenbekanntschaften, auch wirklich und von Herzen gern allein.« »Wie schön«, sagte ich. Mehr an Kommentar gelang mir nicht.

Wieder erinnere ich mich überaus genau, ja nahezu wortwörtlich an alles, was gesagt wurde. Zumindest bis hin zu meinem bissigen »wie schön«. Danach verschwimmt mir im Zurückdenken unser Gespräch ein wenig, denn ich trank Wein. Ich weiß, daß Maxime mich auszufragen begann und ich ihm längere Zeit Widerstand leistete und nur dürftige Auskünfte gab. Trotzdem erfuhr er schließlich doch, was ich ihm gern verschwiegen hätte, wir saßen eben zu lange in der lauen Nacht beisammen. »Was, deine Kleine ist tot?!« fragte er entsetzt. Er hatte damals, in unserer Zeit, die alles überragende Bedeutung meiner Tochter in meinem Leben sehr wohl mitbekommen, obwohl ich wenig über sie sprach und kaum zuließ, daß die beiden einander trafen. Darauf hatte ich immer geachtet. Darauf, meinem Kind die Konfrontation mit wechselnden Liebhabern zu ersparen. Und es gab ja ihren leiblichen Vater. Der hatte mich zwar verlassen, als ich schwanger war, weil er im Rahmen eines Entwicklungshilfeprogramms nach Nordafrika ging, und ich ihm dorthin nicht folgen wollte. Er kümmerte sich äußerst selten um uns. Meine Tochter konnte nur hin und wieder mit ihm beisammen sein, aber trotzdem, oder gerade deswegen, liebte, ja verehrte sie ihn inbrünstig. Er starb in Algier an einem Herzinfarkt, kurz bevor ich Neblo kennenlernte. Und Neblo war der erste Mann, dem ich so sehr vertraute, daß ich ihm und meiner Tochter, die damals bereits eine junge Frau war, ein familiäres Zusammenleben zu dritt vorzuschlagen wagte. Beide gingen darauf ein. Und er trat genau zur rechten Zeit auch in ihr Leben, fing er doch den Verlust ihres Vaters auf das verständnisvollste und schönste auf.

Donnerstag.
Ich bin zu sehr abgeschweift, in Erinnerungen,
die mich schmerzhaft überwältigten, deshalb habe
ich gestern übergangslos zu schreiben aufgehört.
Ohnehin war es schon spät, ich schloß den Computer und knallte mich vor das Fernsehen. Aber
viel später, es war schon tiefe Nacht, schrillte
mein Telefon. Ich lag bereits eine Weile zu Bett
und war fast eingeschlafen. Dieser Anruf ärgerte
mich und machte mich wieder hellwach. Nur
Maxime Freyer konnte es sein, nur er würde mich
so unverschämt und rücksichtslos zu kontaktieren
versuchen. Nicht einmal Flory hat mich je derart
spät angerufen, und Vincent Keel erscheint mir
viel zu höflich und viel zu wenig gedankenlos zu
sein, um es zu tun. Warum nur habe ich Maxime
zu guter Letzt meine Telefonnummer gegeben. Ich
saß aufrecht im Bett und ärgerte mich. Das war ja
auch der Grund meiner Aufgewühltheit nach dem
Abend mit ihm, nach diesem überraschenden
Zusammentreffen, daß ich meine Distanziertheit
immer mehr verlor, je länger wir beisammen-
saßen. Ich erzählte zu viel, ich beklagte rückwir-
kend zu viel, wurde aggressiv, war sofort wütend
und nachtragend, es wirkte so, als sei die Wunde,
die er mir schlug, bis heute nicht vernarbt.

Pause. Eine Leerzeile. Weil ich mich scheute, sofort hinzuschreiben: und vielleicht ist sie das ja auch noch nicht. Jetzt habe ich es doch getan. Habe diesen Gedanken auf den Bildschirm gleiten lassen, später wird er zu Papier gebracht sein. Vielleicht *ist* diese Wunde bis heute nicht vernarbt.

Alle diese Wunden. Die Kränkungen und Verletzungen, die immer wieder aus der Begegnung zweier Liebender hervorbrachen. Weiß der Teufel, warum immer so bald und dennoch immer so unerwartet. Eben noch Wärme, Freude, Jubel, und aus dem Nichts plötzlich Stachel, Peitsche, Schwert. Für mich kamen diese plötzlichen Angriffe stets aus dem Nichts. Vielleicht, weil ich naiv war, wenn ich zu lieben begann. Und vielleicht, *weil* ich zu lieben begann. Neblo meinte einmal, ich sei wohl stets an Männer geraten, die meine Liebe nicht ertrugen. So lange es die erotische oder sexuelle Anziehung gewesen sei, die das gemeinsame Terrain bestimmte, hätten sie sich frei genug gefühlt, mich zu umschlingen. Kaum wäre ihnen bewußt geworden, daß im begehrlichen Körper meine Seele anzuschlagen begann, hätten sie mich von sich gestoßen. »Und *du*?« fragte ich, »wie ist das bei dir?« Neblo lachte, er lachte sein aufblitzendes, unbezwingbares, spanisches Lachen. »Ich ertrage deine Liebe nicht nur, ich bin in ihr aufgehoben bis ans Ende meiner Tage.« Und das war er dann auch. Bis ans Ende seiner Tage.

Ich gerate schon wieder dorthin, wohin ich nicht geraten sollte. Jedenfalls heute und jetzt nicht. Maxime hat am Morgen angerufen, und ich habe diesmal abgehoben. Ja, er sei es gewesen, nachts, der späte Anruf tue ihm leid. Aber er wolle mich unbedingt nochmals treffen, ehe er nach Paris zurückreise. Der Abend mit mir habe ihm so viel bedeutet, wie wunderbar, dieser Zufall, man solle das, was einem in dieser Weise an Wundern zufalle, nicht unbeachtet lassen, undsoweiter, undsoweiter, seine Tirade ging mir eigentlich schrecklich auf die Nerven, aber ich habe mich mit ihm verabredet. Heute, am frühen Abend im Restaurant seines Hotels. Und seit Stunden ärgert mich diese Verabredung, obwohl ich weiß, daß ich sie einhalten werde. Das bin ich.

Im Lauf der Nacht hat es zu regnen aufgehört, bei schwacher, aber heißer Sonne scheinen Laub und Gras feinen Dunst auszudampfen. Diese warme Feuchtigkeit macht mir zu schaffen, ich atme schwerer und mir schwindelt ab und zu. Als ich mich aufseufzend an den Mittagstisch setzte, stöhnte Hortensia: »*Deos do ceu*! Das ist kein Wetter für alte Leute!« und ich nickte. Ja, wir sind alt geworden, dachte ich, Hortensia und ihr *deos do ceu*, den sie öfter einmal anruft, haben recht.

Und ich bin schließlich noch ein Gutteil älter als sie. Warum also treffe ich mich heute abend mit einem Liebhaber aus grauer Vorzeit. Warum bringe ich es nicht über mich, in seinem Hotel anzurufen und das Treffen abzusagen. Warum wurde ich zwar alt, aber nicht weiser. Das mit der Weisheit des Alters wird, glaube ich, nur von jungen Menschen behauptet, keiner, der alt geworden ist, redet je von ihr. Weil kein hochbetagter Mensch sich selbst je weise findet. Eher befürchtet man ja das Verdummen, bis hin zu Demenz oder Alzheimer, nur davon wird ab und an gesprochen, so lange man noch halbwegs bei Vernunft ist, aber nie von dieser verdammten Weisheit.

Ich bin schlecht gelaunt. Ich höre lieber zu schreiben auf.

Freitag.
Deos do ceu! kann ich heute nur stöhnen, und dick und mehrmals würde ich es unterstreichen.

Was war das für ein Abend.

Aber davor schon ging es los. Als ich dabei war, mich zurechtzumachen, läutete das Telefon, und ich hoffte inbrünstig, Maxime wäre etwas dazwischen gekommen und er würde sich jetzt telefonisch entschuldigen. Also hob ich ab. Aber es war Vincent Keel, der sich meldete. Er habe bereits mehrmals versucht, mich zu erreichen, ob er mich störe? Nicht sehr, sagte ich, aber was denn sei? Ob es Schwierigkeiten mit Flory gebe? »Flory hat diesmal ernsthaft versucht, sich umzubringen«, sagte er, »und um ein Haar wär es ihr gelungen.« Ich konnte nicht verhindern, daß ich aufschrie. »Wie denn? Und wie geht es ihr?«

Dann wurde mir plötzlich schwarz vor Augen, eine Welle all der dunklen Hiobsbotschaften schien mich zu erfassen, alles vermeldete Unglück meines Lebens schien sich erneut auf mich zu stürzen und mich zu begraben. In die Finsternis, die mich umgab, drang Vincent Keels ruhige Stimme. »Bitte, Paulina, nicht aufregen, alles ist gut. Flory hat sich die Pulsadern aufgeschnitten, als ich einen Kollegen besuchte und über Nacht außer Haus war, aber doch tat sie es so, daß ich rechtzeitig zur Stelle war. Knapp, aber rechtzeitig. Sie ist völlig außer Gefahr, liegt in der Klinik, und wird jetzt eine Weile bleiben und sich psychisch behandeln lassen, sie hat es mir versprochen. Nachträglich wurde ihr klar, daß die Sache hätte schief ausgehen können, und sterben will sie, glaube ich, denn doch nicht.«

Ich konnte nicht gleich antworten, aber doch den Sommerabend wieder wahrnehmen, Atem

holen und meinen Körper aufrichten. »Hallo?«
sagte Vincent. »Ja, ja«, beruhigte ich ihn, »ich war
nur kurz sprachlos. Diese Flory. Kann ich sie besuchen?« »Es sei besser, sie eine Weile nicht zu kontaktieren, meint der Arzt, und sie ist damit ein-
verstanden.« »Das wäre schön, wenn sie jetzt zur
Vernunft käme«, sagte ich, »ich wünsche es euch.«
Jetzt schwieg Vincent und ich sagte: »Hallo?« Erst
nach einer Weile antwortete er: »Wünschen Sie es
ihr. Ich werde mich von Flory trennen.« » Wie –
jetzt? Aber gerade jetzt –«, wollte ich einwenden,
aber er unterbrach mich. »Gerade jetzt, ja! Mein
Entschluß steht fest, ich habe mir lange genug das
Leben zur Hölle machen lassen, es reicht.« »Weiß
Flory das?« »Ja.« »Und?« »Ich denke, ihr reicht
es auch.« »Hoffentlich haben Sie recht«, sagte
ich abschließend, »alles Gute, Vincent.« Ich war
dabei, aufzulegen, als er mich mit dem schnellen
Einwurf »Einen Augenblick noch, Paulina!« daran
hinderte. »Ja?« »Eines noch, es ist mir wichtig.
Darf ich Sie wiedersehen? Auch ohne Gespräche
über und Mitteilungen von Flory, einfach so, von
Mensch zu Mensch, wiedersehen?« Es war heiß
und ich schwitzte. Gerade war ich dabei, mich
für das Rendezvous mit einem alten Lover auf-
zumöbeln, soweit eine siebzigjährige Frau noch
aufmöbelbar ist, und da wollte jetzt ein weitaus
jüngerer Mann mich plötzlich auch »von Mensch

zu Mensch« wiedersehen. »Vincent!« sagte ich, und ich sagte es mit Sanftmut und der damenhaftesten Zurückhaltung, die mir im Moment zur Verfügung stand, »natürlich können wir einander wiedersehen, warum auch nicht, Sie hatten ja angekündigt, mich nochmals besuchen zu wollen. Trotzdem möchte ich vorher wissen, wie es Flory ergeht, das verstehen Sie sicher. Wir telefonieren, ja?« »Ja, natürlich, wir telefonieren. Einen schönen Abend noch.« Seine höfliche Antwort, ehe er auflegte, ließ mich trotzdem irritiert zurück. Mir schien, ich hätte ihn enttäuscht, und gleichzeitig fragte ich mich, wie und warum zwischen mir und diesem Mann etwas wie Enttäuschung entstehen konnte und weshalb ich überhaupt zu irritieren war. Ich verfluchte ein weiteres Mal meine mir sehr wohl bewußte Widerstandslosigkeit, wenn die Befindlichkeit anderer Menschen meine Seele erobern möchte. Seit eh und je kann der Gemütszustand fremder Leute mich ungehindert überfallen und blitzartig bei mir Eingang finden.

Aber ich mußte den Gedanken an Florys gerade noch verhinderten Selbstmord und daran, daß meine Zurückhaltung Vincent Keel vielleicht brüskiert haben mochte, eilig von mir schieben, weil ich spät dran war. Da ich nie mehr *ausgehe* (ein Wort, das von mir nur noch kursiv geschrieben werden kann, so sehr gehört es mittlerweile nicht mehr in mein Vokabular), wußte ich natürlich nicht, was ich anziehen sollte. Während ich einiges ausprobierte, brach mir in der sommerlichen Hitze meines Ankleidezimmers der Schweiß aus, ich mußte nochmals kalt duschen. Als ich mich schließlich auf den Weg machte, trug ich, wie ohnehin anfänglich vorgehabt, das schwarze Kostüm, das ich zu den Beerdigungen meiner Lieben getragen hatte, mir fiel nichts anderes ein. Der dünne Baumwollstoff macht es auch an einem warmen Sommerabend tragbar, sein Schnitt ist zeitlos, und es paßt mir noch, weil ich in den Jahren dazwischen nicht dicker geworden bin, nur älter. Außerdem besitze ich im übrigen nur noch bequeme Alltagskleidung, nichts mehr für »schön«. Warum ich auf diffuse Weise annahm, für das Treffen mit Maxime sollte ich mich so etwas wie »schön« machen, weiß ich zwar nicht, und noch nachträglich ärgert es mich, aber viel zu feierlich zurechtgemacht bestieg ich also ein Taxi und fuhr stadteinwärts. Die Häuser zu beiden Seiten der Straßen schienen die Hitze des Tages auszuatmen, das schlug ins Auto wie Wüstenwind und ich bereute zutiefst, jetzt nicht daheim im kühl gehaltenen Haus geborgen zu sein, nur ein lockeres Hemd übergezogen, vor dem Fernsehapparat lungernd und ein Glas kaltes Bier in der Hand. Nein, zu einem Rendezvous mit der Vergangenheit war ich auf dem Weg, noch dazu in diesem Kostüm, an dem all meine Trauer haftete. Die Wahl meiner Kleidung wurde mir plötzlich beklemmend bewußt. Sogar dünne schwarze Seidenstrümpfe trug ich, um meine alten Waden nicht nackt zu zeigen. Was für eine Idiotin bist du nur, schalt ich mich, dir diesen Abend anzutun! »Tut mir leid, aber mein Wagen hat leider keine Air-Condition«, sagte der Taxifahrer, »das hätten Sie extra bestellen müssen!« Er sah mir durch den Rückspiegel wohl meine Verzweiflung an und schob sie der Hitze zu. »Ihr Wagen ist okay«, murmelte ich, »ich schwitze aus Wut.« Darauf wußte der Mann nichts mehr zu sagen und setzte mich schließlich auch wortlos vor Maximes Hotel ab. Ich wirke wie eine alte Irre, dachte ich. Auch als ich das eisgekühlte Foyer der Fünf-Sterne-Nobelherberge betrat, wurde ich von den jungen Damen an der Reception diskret erstaunt gemustert. Maxime hatte mich erwartet, sprang aus einem riesigen Sofa hoch und eilte auf mich zu. »Was für eine Erscheinung!« rief er aus. »Aha«, sagte ich, »so nennst du das.« »Was?« »Daß ich aussehe, wie ich leider aussehe.« »Toll siehst du aus!« meinte er sofort, und diese Floskel machte mich noch wütender, als ich es schon war. Ich gab ihm keine Antwort, um nicht laut zu werden, aber er schien meinen drohenden Blick wahrgenommen zu haben. »Vielleicht ist *toll* nicht das richtige Wort«, versuchte er sich also herauszuwinden, »aber eindrucksvoll bist du allemal, wenn du so zur Tür hereinkommst, ganz in Schwarz, drüber das schlohweiße Haar —« »Wohin begeben wir uns also?« unterbrach ich ihn, denn eine Tirade über mein Aussehen, mitten in der Halle, unter den Blicken der Mädchen, die gerade nichts zu tun hatten und ihre sorgfältig geschminkten Augen spöttisch auf uns ruhen ließen, hielt ich nicht aus. »Folge meinen Spuren«, sagte er, und das tat ich dann auch. Wir saßen kurz darauf im Restaurant am Dach des Hotels, jedoch hinter schützenden Glasscheiben und in künstlicher Kühle. Die Stadt lag vor uns hingebreitet, die sinkende Sonne beleuchtete sie rosig, und darüber wölbte sich ein wolkenloser Abendhimmel. Ich ließ Maxime das Essen und den Wein bestellen, und größtenteils ließ ich auch ihn reden. Bis er schließlich sagte: »Und was ist mit dir? Warum so stumm, Mädchen?« Und jetzt war es wohl wieder mein Blick, der ihn veranlaßte, weiterzusprechen. »Ja, *Mädchen*! So alt kannst du gar nicht werden, daß ich dich nicht so sähe und nenne. Du bist das Mädchen von damals geblieben.« »Und schon damals war ich kein Mädchen mehr.« »Aber für mich! Ich habe dich immer so genannt, weißt du es noch?« Ich wußte es noch, und genau das irritierte mich. Er beugte sich über den Tisch zu mir her, seine Augen, seine Lippen kamen mir viel zu nahe. Ich wußte, was er vor sich hatte, mein altes Gesicht, meinen welken Mund, und ich drängte ihn zurück. »Laß diese Torheiten«, sagte ich, »was soll das jetzt. Ich bin kein Mädchen mehr, nicht mal mehr eine Frau. Wenn du auf der Suche bist, dich einsam fühlst, dann glaube bitte nicht, bei mir so etwas wie Zuflucht zu finden. Bei mir findest du nichts mehr. Ich habe verloren, was ich liebte. Ich habe Neblo verloren und dann mein Kind. Ich bin aus der Welt geraten, obwohl ich noch lebe. Ich arbeite nicht mehr, weiß kaum noch, was Tanz ist, wie sich Ballett in diesen Tagen darstellt, und vermisse es nicht. Ich vermisse nichts mehr, weil ich alles verloren habe, verstehst du? Laß uns nett beisammensitzen, die Weinflasche leer trinken, und dann Lebewohl sagen. Bitte.«

Wir schwiegen. Die Sonne war gesunken und es dämmerte draußen. Auf dem Tisch hatte man eine Kerze angezündet und die Flamme spiegelte sich in Maximes auf mich gerichteten Augen. Er sah mich ernst und unverwandt an. »Schade«, sagte er dann, »ich hätte solche Lust gehabt, dich wieder zu lieben.« »Ich bin siebzig«, sagte ich. »Ich auch bald«, sagte er. »Eben!« sagte ich. Und dann lachten wir. Und indem plötzlich unser Leben, unsere Situation unverlogen auf dem Tisch lag, konnten wir entspannen. Maxime bestellte noch eine Flasche Wein, und ich wurde für meine Verhältnisse erstaunlich fröhlich. Vielleicht zu fröhlich. Jedenfalls so fröhlich, daß ich Maxime um ein Haar in sein Zimmer gefolgt wäre. Sein Vorschlag klang harmlos, er wolle mir ein paar CDs seiner letzten Aufnahmen mit auf den Weg geben, mein Urteil interessiere ihn. Das erschien mir plausibel und unverfänglich. Ich folgte ihm durch die Gänge des Hotels und wir scherzten darüber, daß ich das tat. Aber als wir vor der Tür seines Zimmers standen und ich darauf wartete, daß er den Schlüssel hervorhole, umschlang er mich plötzlich und wollte mich küssen. Da schauderte mir, ich mußte ihn von mir stoßen. Es war nicht so, daß ich seine Arme, seinen Körper nicht ertrug. Ich konnte den Anblick meiner selbst nicht ertragen, es war so, als würde ich mich von außen sehen. Mein altes Gesicht, meinen alten Körper. Das Ungeschick unserer Bewegungen. »Paulina!« sagte Maxime, »tu doch nicht so, als würde ich dich vergewaltigen wollen!« Mein Stoß hatte ihn taumeln lassen, und jetzt stand er kopfschüttelnd vor mir. »Verzeih«, sagte ich, »aber diese Sachen gehen nicht mehr.« »Natürlich gehen sie, du willst es nur nicht.«

Und jetzt, ich weiß nicht warum, stiegen mir die Tränen hoch. Völlig unvermutet und zu meiner eigenen Überraschung begann ich zu weinen. »Was ist, Mädchen?« sagte Maxime leise und legte seinen Arm um meine Schulter. Und da brach etwas aus mir hervor, von dem ich meinte, es sei überwunden. »Ich wäre so gern mit Neblo alt geworden – ich wäre so gern eine Frau geblieben – und lebendig –«

Ich lauschte diesen Sätzen selbst hinterher, heulte weiter und fand mich gleichzeitig unerträglich. Nichts wie nach Hause, dachte ich. Aber Maximes Arm umschloß mich fester. »Du bist lebendig«, flüsterte er, »du bist doch noch nicht tot, und eine Frau bist du allemal noch.« »Aber eine alte, Maxime, zu alt für solche Späßchen, bitte laß mich.« »Ich bin bereit, dir zu beweisen, daß du das nicht bist«, flüsterte er noch eindringlicher. Ich kann mir auch nachträglich nicht erklären, warum er nicht lockerließ, er, dem Frauen früher nicht jung genug sein konnten. Ich denke, daß er zur Zeit einem Einsamkeitsschub unterliegt, der Unsicherheit des Altwerdens, und daß er deshalb gern in bereits vertrauten Armen Zuflucht gesucht hätte, bei einer alten Freundin, der er wenig beweisen würde müssen. »Maxime, sei mir nicht böse, aber ich habe kein Verlangen nach dir«, sagte ich schließlich und löste mich aus seiner Umarmung. Er sah mich verdutzt an. »*Verlangen?*« (Seine Frage klang derart erstaunt, daß ich das Wort jetzt kursiv schreiben mußte.) »Ja«, antwortete ich schlicht. Da trat er einen Schritt zurück. »Eine Frau deines – deines Alters kann noch Verlangen empfinden? *Wirkliches* Verlangen?« Ich war kurz sprachlos, dann lachte ich auf. »Wenn du das nicht annehmen kannst, mein Lieber, was willst du dann mit einer Frau meines Alters anfangen? Wie willst du ihr beweisen, sie sei noch nicht zu alt? Oder liegt dir etwa daran, im Bett Totes wieder lebendig zu machen? Gäbe dir das ein Gefühl von Macht?«

Jetzt wirkte er beleidigt, zuckte mit den Schultern und schloß endlich sein Zimmer auf. Ich blieb am Gang stehen, bis er zurückkam und mir einige CDs in die Hand drückte. »Wie zynisch du sein kannst«, sagte er. »Ich glaube eher, daß deine Frage überaus zynisch war«, gab ich zur Antwort, »aber sie bewies, in welcher Weise man nach wie vor weibliches Altwerden einschätzt. In welcher Weise vor allem gerade ältere Männer wie du es einschätzen.« »Und mit deinem Neblo wäre es anders gewesen?« fragte er und ein schiefes Grinsen legte sich über sein Gesicht. »Gute Nacht, Maxime«, sagte ich da, drehte mich um und ging davon. Auf dem langen Gang bis zum Aufzug hin wandte ich mich kein einziges Mal um, nach dieser letzten Frage konnte ich ihn nur ein für allemal hinter mir lassen. Die Liftkabine öffnete sich und ich stieg rasch ein. Durch die Halle ging ich noch beherrscht und aufrecht, ohne um mich zu sehen, aber dann im Taxi heulte ich nochmals los. Mir war, als hätte ich mutwillig zugelassen, Schmutz über mein Leben zu werfen. Nicht nur über Vergangenes, nein, auch auf mich selbst, heute, jetzt, mit all meinem Leid und all meiner Sehnsucht. Ich höre jetzt auf zu schreiben. Ohnehin will sich die anhaltende Spätsommerhitze auch jetzt, gegen Abend, nicht mildern, ich werde ein kühles Bad nehmen und alle Viere von mir strecken.

Samstag.
Mir war nicht gut heute nacht. Die Schilderung des vorhergehenden Abends hat mir den gestrigen verdorben, und später, früh zu Bett, bekam ich scheußliche Schmerzen. Mein Körper tat mir weh. Diesmal, glaube ich, weinte er, mein Körper. Ich bereue, zutiefst bereue ich es, vor Maxime in Tränen ausgebrochen zu sein. Ich bereue dieses Treffen und all unsere Gespräche. Ich fühle mich plötzlich wie damals in jungen Jahren, als ich eine erfolgreiche Tänzerin wurde und mediales Interesse, die sogenannte *breite Öffentlichkeit* nach mir zu greifen begann. Wie ich anfänglich unerfahren und vertrauensselig damit umging und mich

immer wieder zu Tode schämte, wenn es Artikel oder TV-Sendungen gab, in denen ich mich viel zu sehr offenbarte und meine Offenheit auch noch schmierig ins Degoutante verdreht wurde. Erst im Lauf der Jahre lernte ich auf der Klaviatur des Öffentlichseins so zu spielen, daß es meine Musik war, die erklang, und nicht mehr die von der Journaille gewünschte Trivial-Schnulze. Aber nach dem Abend mit Maxime kam es mir wieder so vor, als sei ich auf einen Revolverblatt-Journalisten hereingefallen, als müsse ich mich schämen. Vor allem seine männlichen Avancen, die lachhaft waren und letztlich in einer Beleidigung meines Frauseins mündeten, machen mir zu schaffen. Ich kann darüber leider nicht lachen, das Gegenteil ist der Fall. Maximes Verhalten tat meinem Körper gewissermaßen ein Weh an, deshalb tat er mir nachts so weh. Ja, mein Körper weinte. So analysiere ich die Schmerzen von heute nacht, die in dieser Vehemenz nicht nur organisch bedingt sein konnten.

Und mehr noch. Mein Körper weinte um das Kind, das aus ihm kam und nicht mehr lebt. Er weinte um Neblo, den Mann, der meine Weiblichkeit liebte und verstand, und der nicht mehr lebt. Mein verlassener Körper weinte. Und ich sitze jetzt da und weine auch wieder. So mag ich's nicht. Aufhören, Paulina, es bringt nichts.

Ja, ich weine *heiße Tränen* (unterstrichen!!), und zwar in jeder Hinsicht. Diese Hitze so spät im Sommer wird langsam unerträglich. Hortensia meinte, früher in Portugal nie so glühend heiße Tage erlebt zu haben wie zur Zeit hier. »Der Klimawandel«, sagte ich, aber dann seufzten wir nur beide auf und ich schwieg wieder. Zuviel wird darüber gesprochen und so hilflos und erbärmlich wenig dagegen getan, also kann man sich auch anklagende Worte sparen. Die Profitgier wird siegen, wie in allen menschlichen Belangen, die Spezies Mensch ist unfähig, menschenwürdiges Leben auf Erden zu bewahren, davon bin ich mittlerweile überzeugt, und ich kann mich keiner tröstlicheren Illusion mehr hingeben.

Aber all das sagte ich Hortensia nicht. Warum ihr meine Skepsis, meine Hoffnungslosigkeit aufladen, trägt doch ohnehin jeder Mensch sein Bündel gestorbener Hoffnungen mit sich herum. Sie ging früher, wie immer samstags, und »einen schönen Sonntag!« wünschten wir uns, auch wie immer. Und mir ist nach wie vor nicht gut, ich lege mich ins Bett. Vielleicht mit einem doppelten Valium.

Montag.

Ich ließ den gestrigen Tag vorbeigehen. Die sonntägliche Stille und das bißchen Droge, das ich geschluckt hatte, führten dazu, daß ich bis gegen Mittag schlief. Außerdem rührt sich nichts in meinem Haus, wenn Hortensia frei hat, nichts und niemand ist da, mich aufzuwecken. Gerade sie moniert das immer wieder, ihre Besorgnis, ich sei zu sehr alleine gelassen, führte schon zu diversen Vorschlägen, die von ihrer Bereitschaft, abends nochmals zu mir zu kommen, über eine tägliche Gesellschafterin bis hin zu einem Hund geführt haben. Wobei ich nur letzteres nicht sofort wild ablehnte. Ein Hund wäre schön. In den Jahren, als ich mit Neblo und meiner Tochter in diesem Haus lebte, hatten wir Hunde. Zwei. Mischlinge waren es und beide wurden sehr alt. Aber beide waren die ersten, die mir wegstarben. Ich wage es nicht mehr, einen Hund zu lieben. Außerdem muß ich dabei mein Alter bedenken, was täte ein bejahrtes Tier mit einer noch bejahrteren Besitzerin, und was täte es, wenn ich sterbe. An so etwas solle ich nicht denken, rief Hortensia, und ich sagte, es sei blödsinnig, an so etwas nicht zu denken. Nun ja, überlegte sie dann, ihr Mann wolle leider keine Hunde, sonst würde sie sofort – aber hätte ich nicht Verwandte, die vielleicht —? »Hortensia!« rief jetzt ich, »haben Sie je Verwandte bei mir gesehen oder von solchen von mir gehört?« »Nein«, sagte sie kleinlaut, »aber das ist ein Unglück.« Ich versuchte ihr zu erklären, daß genau das kein sonderliches Unglück für mich sei, nachdem ich meine zwei Liebsten verloren hätte. Nach dem Tod meiner Eltern, Geschwister und sämtlicher Onkeln und Tanten wären da noch Kusinen gewesen, die ich allmählich aus den Augen verlor, außerdem seien die Tänzer und Tänzerinnen meiner Company für mich ja eine Art Familie gewesen. »Hoffentlich nicht nur Betrunkene wie Donna Florinda«, murmelte Hortensia, und ich mußte lachen. Flory mit ihrer exzessiven Art war ihr immer schon ein Dorn im Auge gewesen, nicht erst nach der Prügelei und Nächtigung unlängst. »Es waren nicht alle so«, sagte ich und schloß so das Gespräch über Verwandtschaft und einen Hund endgültig ab.

Also gestern blieb ich zu träge für alles und jedes, ja sogar das Denken fiel mir schwer. Ich war froh, daß es mir körperlich wieder besser ging, und blieb im Haus, ohne mich viel zu bewegen. Auch im schattigen Garten war es unerträglich heiß, die Luft glühte zwischen den Bäumen, deren Blätter sich bereits zu färben beginnen. Ich lag oder saß in abgedunkelten Räumen und döste vor mich hin. Das einzige, was ich tat, war das Einordnen der

Tagebuchblätter in eine der neuerstandenen Mappen. Dabei fiel mir auf, wie viele Seiten es bereits sind, nach nur etwa zwei Wochen. Und ist es nicht so, als hätte mein Entschluß, die Tage zu beschreiben, diese animiert, mir auch genügend Stoff zum Schreiben zu liefern? Was nicht alles geschah. Ich erfuhr von Florys Eigentümlichkeiten (um es so zu nennen), lernte ihren Ehemann kennen, traf zufällig eine alte Liebe wieder –

Apropos. Wie es Flory in der Klinik wohl ergeht? Vincent Keel hat noch nicht wieder angerufen. Und Maxime Freyer gottlob nicht wieder. Diese Begegnung hat mir eindeutig nicht gutgetan.

Die Hitze ist ungebrochen, ständig über 30 Grad, Landwirte stöhnen und Spitäler haben Hochsaison. Hortensia servierte mir eisgekühlte Gurkensuppe und Eiscreme mit Walderdbeeren. Sie solle heute Hausarbeit Hausarbeit sein lassen, sagte ich, und sie verließ mich tatsächlich etwas früher, ich sah sie geduckt davoneilen, als würde die Hitze auf sie einschlagen. Und ich sitze jetzt vor Ahornlaub, das golden wird, trocken und heiß weht die Luft durch das offene Fenster über meinen Tisch. Zu gern habe ich die fächelnden Blätter vor mir, ich will die Läden nicht schließen. Da es mir heute wieder besser geht, kann ich auch die Hitze besser ertragen.

Und auch mit mehr Mut in mein Leben blicken. Denn manchmal braucht es Mut, genau hinzuschauen, sich anzuschauen, wo man sich befindet, was man lebt und wohin man geht. Die Konfrontation mit Maxime Freyer hat mir mein Alter und meinen Lebenszustand nochmals und gleichzeitig aufs neue bewußt gemacht.

Ich bin alt. Siebzig zu sein, bedeutet alt zu sein. Auch wenn es heutzutage nicht so aussieht. Sicher, wir werden im Schnitt älter als früher. Sicher, vor noch zwanzig, dreißig Jahren galt eine Frau meines Alters als Greisin, während ich, schlank geblieben, das Gesicht nicht übermäßig gefurcht, noch als »ältere Frau« durchgehe. Aber das sind Äußerlichkeiten. So, wie ich lebe, kann man nur als alter Mensch leben. So ohne kreativen Ansporn, so ohne privates und gesellschaftliches Eingebundensein, so ohne – ja, Liebesleben. Das könnte man in jüngeren Jahren wohl kaum ertragen. Ertrage ich es doch auch altgeworden manchmal nur schwer. Trotzdem habe ich mich dazu entschlossen, ohne Ausflucht so zu existieren. Und auch ohne viel Lebensmühe. Ich bin finanziell in einer Weise abgesichert, die mir erlaubt, kein Geld verdienen zu müssen. Die Leidenschaft für das Tanzen, für die Bühne, für suggerierte Emotionen habe ich verloren. Mir genügt mein Lebensgefühl. Den Wunsch, die Welt zu verändern, habe ich aufgegeben, ich betrachte sie. Ich weiß, daß der Sog der Veränderungen nie zum Stillstand kommt und uns mitträgt, ob wir wollen oder nicht, und wohin wir wollen oder nicht. Wären meine Liebsten nicht gestorben, hätte ich heute wahrscheinlich eine andere Einstellung. Neblo würde mich vielleicht immer noch begehren und lieben, meine Tochter mich mit Kindern und Jugend beatmen, und ich unbeschwerter im Leben stehen. Aber Worte wie *hätte, wäre, würde* beschreiben nur, was nicht ist und nicht gilt. Meine Liebsten sind gegangen, und ich bin hier auf Erden zurückgeblieben und habe hier mein Leben zu Ende zu leben.

Flory hatte, wenn sie ruhiger und einigermaßen vernünftig war, mein zurückgezogenes, menschenleeres Leben immer wieder als »schrecklich öde und völlig unnötig so« bezeichnet. Sie verstehe nicht, warum ich Freundschaften aufgekündigt hätte, nie mehr zu Einladungen ginge, mich aus der Öffentlichkeit derart radikal zurückziehen würde. »Jedes Interview schlägst du aus, warum nur? Auch wenn du nicht mehr tanzt, du bist eine bekannte Persönlichkeit, du hättest den Menschen etwas zu sagen, die Journalisten würden bei dir Schlange stehen!« hatte sie mich vor meinem siebzigsten Geburtstag beschworen, als tatsächlich mediale Anfragen auf mich zukamen. Es gelang mir nicht, Flory meine Haltung verständlich zu machen. Und nicht nur ihr blieb diese suspekt. Ich erfuhr immer wieder, daß die freiwillige Abkehr von einem künstlerisch aktiven, öffentlichkeitsbewußten, nennen wir's *berühmten* Lebensstatus den Zeitgenossen ein Rätsel ist und bleibt. Gerade noch nachvollziehbar sind tragische Lebensumstände, sie erwecken Mitleid und erschüttern eine Weile. Aber wenn sie sich nicht absehbar wieder normalisieren, muß eine verheimlichte schwere Krankheit oder altersbedingte Demenz die Ursache sein. Daß ein zwar trauernder, aber ansonsten gesunder und manchmal sogar fröhlicher Mensch, der völlig bei Trost, nur nicht mehr jung ist, sich entscheidet, die Öffentlichkeit sausen zu lassen und lieber anonym und weitgehend einsam weiterzuleben, wird von vielen als eine Art Verrat betrachtet. Als Verrat an der Menschenhorde rundum, als Verrat am *Gesellschaftsleben*!

Himmel, ich fange ja an, mich aufzuregen. Als ob diese Erörterungen nicht schon Ewigkeiten hinter mir lägen und ich nicht längst im inneren Abstand dazu mein Leben führte. Dieses Leben, das im Moment daraus besteht, mir einen Abendimbiß zuzubereiten. Vielleicht öffne ich eine Flasche Weißwein?

Dienstag.

Liebste Paulina,

zurück in Paris kann ich das mißglückte Ende eines so zauberhaften Abends mit Dir einfach nicht aus dem Kopf bekommen. Ich habe mich wohl unsäglich plump verhalten. Dabei war ich voll der innigsten Zärtlichkeit, nichts lag mir ferner, als Dich zu verletzen. Trotzdem ist es geschehen, und ich kann Dich nur inständig bitten, mir zu vergeben. Da ich wegen des Balletts für die Oper in nächster Zeit immer wieder in der Stadt sein werde — könntest Du Dir vorstellen, mich blöden, unsensiblen Kerl doch noch einmal wiederzusehen? Wenn ich schwöre, mich freundschaftlich und angemessen zu verhalten? Ich flehe Dich an, Paulina, gib Deinem Herzen einen Stoß und sage ja!

Dein unglücklicher, schuldbeladener Freund

Maxime

Das kam heute, mit einem riesigen Strauß Rosen. Wenigstens hat er vermieden, mir rote zu schikken, es sind wilde, verschiedenfarbige Herbstrosen, wie sie jetzt in vielen Gärten zu finden sind. Hortensia nahm sie an der Haustür in Empfang, kam an meinen Frühstückstisch und überreichte sie mir strahlend. »So soll es sein«, sagte sie. »Was soll so sein?« fragte ich und öffnete das Briefkuvert. Aber sie wiegte nur lächelnd den Kopf und verschwand in der Küche. Ich weiß natürlich, daß auch sie mein Leben, so wie ich es lebe, recht betrüblich findet. Aber das wohl lieb gemeinte Brieflein von Maxime ist leider nicht klug genug, mir Menschenliebe einzuhauchen. Ich tippte es in den Computer, auch, um mich zu vergewissern, daß es mir nicht gefällt. Er lügt. Er schämt sich vielleicht. Und *innige Zärtlichkeit* äußert sich anders. Aus irgend einem Grund scheint ihm jedoch nach unserer zufälligen Wiederbegegnung an meiner Gesellschaft zu liegen. Vielleicht kennt er hier in der Stadt privat niemanden, weiß außerhalb des Opernbetriebes nichts mit sich anzufangen und befürchtet einsame Hotelzimmer-Abende. Ich kann wirklich nicht sagen, ob ich ihn nochmals treffen will. Eher nicht.

Will ich überhaupt Menschen treffen?

Das ist die Frage, die ich mir in Wahrheit stelle. Es macht mir Mühe. Wenn ich jemanden treffe, muß ich auf ihn eingehen, ich kann nicht anders. Und daraus entsteht eine Hinwendung, die mich dekonzentriert, mich aus meiner eigenen Mitte zieht. Natürlich sind nicht alle Menschen solche Menschenfresser wie die liebe Flory. (Daß ich mich zur Zeit gewissermaßen von ihr befreit fühle, gestatte ich mir nur in Klammern niederzuschreiben. Schließlich ist sie arm dran, war dem Selbstmord nahe, und sie sollte mir leid tun. Aber mir tut vor allem leid, daß das bei mir zu wenig der Fall ist. Sie tut mir zu wenig leid. Leider.) Es gibt eine ehemalige Kostümbildnerin, Sarah Ledig, die ich manchmal sehe. Wir haben früher wiederholt zusammengearbeitet, aber auch sie hat mittlerweile aufgehört, Kostüme zu entwerfen. Davon profitieren ihre unzähligen Enkelkinder, denen sie die tollsten Verkleidungen bastelt und schneidert. Ab und zu bin ich gern im Kreis ihrer Großfamilie bei ihr zu Gast, oder ich treffe sie allein, und wir gehen ins Kino. Beide gehen wir ab und zu gern ins Kino. Jedoch all das tu ich nur gern, weil ich es äußerst selten tue. Alles an Kontakten zu Freunden oder losen Bekannten schaffe ich zur Zeit einfach nur mit Mühe, ganz anders als früher, als ich beruflich ausschließlich und intensiv mit Menschen zu tun hatte. Es gibt ein paar schwule Tänzer aus der Company, nette Kerle, einige auch bereits alt geworden, die sich gern um mich kümmern würden. Aber mit dieser Vorliebe von Schwulen für ältere Damen möchte ich ehrlich gesagt nicht viel zu tun haben. »Du gräßliches Hetero-Weib!« regte sich der netteste von ihnen, von allen »Springmäuschen« genannt, weil er springen konnte wie kein anderer, schon damals immer wieder auf, »Paulina, bitte sag mir, wie kann ein Mensch, der so tanzt wie du, kein Homo sein!« Damals war es belebend, über so etwas zu lachen und dann weiterzuarbeiten. Damals hat mich die Arbeit, der Tanz, das Familiäre der Truppe eng mit Menschen verflochten, und was wir in dieser Gemeinsamkeit erschufen, galt ebenfalls Menschen, also einem Publikum. Galt diesem raunenden, atmenden Wesen vor uns, zu dem die vielen einzelnen Zuseher zusammenschmolzen, ein Wesen, dessen Präsenz man erobern muß und dessen letztlich unbestechliches Urteil für jeden auf einer Bühne das einzige Kriterium für Gelingen oder Mißlingen ist. Damals badete ich in Menschen, liebte ich *die Menschen* auch in gewisser Weise. Damals konnte ich mir ein Leben ohne viele Menschen rundum nicht vorstellen. Jetzt kann ich mir viele Menschen rundum nicht mehr vorstellen.

Vielleicht fehlt mir Nähe. Vielleicht fehlt meiner Seele eine irdische Heimat. Vielleicht sehnt mein Körper sich nach wie vor nach liebender Berührung.

Aber die beiden Menschen, die mir Nähe und Seelenheimat waren, sind unersetzlich.

Mittwoch.

Nachts setzte ein orkanartiger Sturm ein, und ich mußte aus dem Bett springen und durch das Haus laufen, um all die Fenster zu schließen, die ich einer erhofften nächtlichen Abkühlung wegen offen gelassen hatte. Die Bäume bogen sich so sehr, daß Äste gegen die Fenster schlugen, es war furchterregend. Aber kein Gewitter folgte, nur ein Temperatursturz. Heute ist es fast kalt, und schwere Wolken ziehen über den Himmel. Vincent Keel hat mich vor kurzem angerufen. Ich lag nach dem Mittagessen auf dem Sofa, bereit einzuschlummern, und wollte vorerst nicht abheben. Maxime! dachte ich. Aber seufzend erhob ich mich dann doch und ging ans Telefon.

Vincent sprach nach seiner Frage, ob er mich hoffentlich nicht störe?, und meinem »Nein, keineswegs« sofort über Flory. Sie sei bisher erstaunlich ruhig und kooperativ gewesen, sage der Arzt, nehme die psychologische Betreuung nicht nur an, sondern auch ernst, und körperlich habe sie sich wieder vollständig erholt. Also gebe es im Moment keinen Grund, sich um Flory Sorgen zu machen. Das habe er mir sagen wollen. »Danke, da fällt mir ein Stein vom Herzen«, log ich, schämte mich gleichzeitig dieser Lüge und log weiter, »ich war schon sehr unruhig ihretwegen.« »Das dachte ich.« »Wie gut, daß Flory jetzt willens ist, sich helfen zu lassen.« »Ja, wie gut.« Dann brach Schweigen aus. »Vincent?« fragte ich. »Ja, ich bin da, Paulina«, sagte er. Ich hörte ihn Atem holen, wie einer Atem holt, ehe er gegen innere Widerstände einem Entschluß folgt. Und dann sagte er: »Darf ich Sie besuchen? Oder irgendwo treffen? Jetzt, wo wir wissen, daß Flory vorläufig außer Gefahr ist?« Diese Beharrlichkeit, ich gebe es zu, beeindruckte mich, aber ich wußte nichts mit ihr anzufangen. »Und was versprechen Sie sich davon?« fragte ich. »Ich verspreche mir nichts davon«, gab er zur Antwort, »ich würde Sie einfach nur gern wiedersehen und mit Ihnen sprechen.« »Ja, aber *warum*?!« Jetzt hörte ich sein Auflachen. »Warum bitte nicht? Sie sind eine kluge und interessante Frau, ist das nicht Grund genug? Was dagegen spräche, wäre nur, daß ich Ihnen zu blöde bin.« »Sie sind mir nicht zu blöde, aber wir kennen uns nicht.« »Das könnte man ändern.« »Ich gehe wenig unter Menschen.« »Ich komme gern zu Ihnen.« »Sie sind äußerst beharrlich, Vincent.« »Ich weiß.« So in etwa ging es hin und her, bis ich schließlich nachgab und sagte: »Also wann?« »Vielleicht gleich heute abend?« »Gut, bringen wir's hinter uns.« Da lachte er wieder auf und wir verabredeten uns für halb sieben, heute, hier, in meinem Haus. Hortensia war noch nicht gegangen, und ich konnte sie bitten, ein kaltes Abendessen vorzubereiten, wenn möglich mit einigen der köstlichen Happen, die man in Portugal als Vorspeisen anzubieten pflegt. »Für zwei Personen?« Hortensia war rührend bemüht, ihre Frage wie nebenbei zu stellen. »Ja, der Mann von meiner verrückten Freundin kommt mich besuchen«, sagte ich. Sie sah mich an. »Madame Florinda ist verheiratet?« »Ja, Hortensia, der Mann, der mich besuchen kommt, ist ihr Ehemann.« Da seufzte sie und begab sich in die Küche. Sie hat den Verlust meiner Lieben miterlebt, in allem Elend, aller Trauer war sie diskret, aber beständig an meiner Seite, und was sie sich für mich wünscht, wäre ein Mensch, den ich wieder lieben könnte, das weiß ich. Deshalb tat ich sofort mein möglichstes, ihre zart aufblühende Hoffnung zu zerschlagen, was bei ihr, einer Portugiesin, mit dem Hinweis auf eheliche Bande rasch gelingt. Ehe und Familie dürfen bei ihr nicht angetastet werden.

Es erübrigte sich also, ihr auch noch mitzuteilen, daß dieser Mann außerdem um vieles jünger sei als ich, warum sie verwirren, dachte ich. Sie hat also flink das Essen vorbereitet, den Tisch gedeckt, mir gezeigt, wo in der Küche die Platten und Schüsseln stehen, mir streng aufgetragen, wann ich was aus dem Kühlschrank holen muß, und sich verabschiedet. Aber ehe sie ging, wandte sie sich nochmals um. »Ist es gut, daß ich sie auf den Tisch gestellt habe? Die schönen Rosen von gestern ...?« »Die sind nicht von ihm!« sagte ich sofort. Das wollte sie wohl hören, denn sie nickte und schien erleichtert die Tür hinter sich zu schlie-ßen. Eine Hoffnung blieb ihr also erhalten.

Der Wind schüttelt das Laub, es ist 17.30 Uhr und ich werde mich langsam ankleiden müssen. Wie gern hätte ich den üblichen ruhigen Abend vor mir, zu dumm, daß ich mich überreden ließ.

Donnerstag.
Tagsüber quälten mich Kopfschmerzen. Es war wohl eine Art Migräne, etwas, das ich in meinem langen Leben fast nie erleiden mußte. Aber dies-mal zwang es mich ins abgedunkelte Zimmer und in mein Bett, mit Brechreiz und Gliederschmer-zen. Vielleicht ist das Wetter schuld, denn nach einem Tag herbstlicher Kühle wurde es jetzt wie-der warm.

Oder rede ich mich darauf nur aus?

Habe ich zuviel getrunken, was mir nie guttut?

Oder habe ich zuviel gesprochen, mir zu vieles *aus der Seele* gesprochen?

Da mir im Lauf des Nachmittags wieder wohl wurde, sitze ich jetzt am Laptop, obwohl vor dem Fenster Nacht herrscht. Bislang pflegte ich nur am Tag Tagebuch zu schreiben, weil ich mich später in den Fernsehabend fallen lassen will, ins Erlöschen allen Nachdenkens und Erinnerns, in die wohlige Auflösung meiner selbst. Aber heute mag ich nicht auf den Bildschirm schauen und in fremde Welten und fremde Geschichten abtauchen, ich möchte aus irgend einem Grund heute bei mir bleiben. Ohnehin lag ich den Tag über bewegungslos zu Bett und starrte gepeinigt in die mich umgebende Dunkelheit. Hortensia bat ich inständig, mir nicht und mit nichts helfen zu wollen, mich nur in Ruhe zu lassen, und ab und zu gelang mir, ein wenig zu schlummern. Jetzt aber fühle ich mich erstaunlich wach und energievoll, ich befinde mich in diesem leicht euphorischen Zustand, in den man geraten kann, wenn arger körperlicher Schmerz nachgelassen hat. Ich möchte jetzt den gestrigen Abend *niederschreiben*, wie es so schön heißt.

Vincent Keel kam, wie ich es erwartet hatte, pünktlich. Er kam jedoch nicht mit Blumen, was ich ebenfalls erwartet hätte, sondern brachte einige Flaschen Rotwein mit. »Ich weiß von Flory, daß Sie abends gern Rotwein trinken, hoffentlich liege ich mit Sorte und Menge richtig!« »Die Menge stimmt!«

Meine Antwort überraschte mich selbst, weil sie nahtlos aus mir hervorschoß und Witz hatte. Wir mußten beide lachen, was die anfängliche Befangenheit schnell vertrieb. Das Essen stand am Tisch, er öffnete eine Weinflasche, und wir befanden uns in Kürze in angeregtem Gespräch, während es uns mundete. Wir schlossen mühelos an die Stimmung an, die beim vorigen Besuch, nachdem er mir vorerst von Florys Abgründen erzählt hatte, dann so unvermutet zwischen uns entstanden war. Eine Stimmung unbelasteter Nähe, das interessierte, launige Eingehen auf den anderen, in aller Freiheit, ohne in irgendeiner Weise gefordert zu sein. Das Thema Flory berührten wir diesmal nur kurz. Obwohl sie sich jetzt in guten Händen befinde und ihr vielleicht geholfen werden könne, sei er definitiv entschlossen, sich von ihr zu trennen, sagte er, und ich raffte mich nur zu der Floskel auf: Wenn so etwas sein müsse, müsse es eben sein. Dann sprachen wir über anderes.

Vor den Fenstern wurde das trübe Grau, das den ganzen Tag über geherrscht hatte, plötzlich von Abendsonne durchdrungen. Das Gold in den Bäumen wurde allmählich rötlich, dann sank langsam violette Dämmerung in das Laub. Ich drehte die Lampe über dem Tisch auf und holte eine weitere Flasche Wein, Vincent öffnete sie und goß uns die Gläser voll, aber was immer wir auch taten, unser Gespräch stockte nicht. Er hatte begonnen, mir aus seiner Kindheit und Jugend zu erzählen. Sein Vater sei Flickschuster gewesen, und das zu einer Zeit, als dieses Handwerk langsam auszusterben begann, weil die Menschen sich billige neue Schuhe leisten konnten und die kaputten lieber wegwarfen, als sie reparieren zu lassen. Sie wären finanziell kaum durchgekommen, wenn die Mutter nicht als Kassiererin in einem Lebensmittelladen gearbeitet hätte. Was bedeutete, daß er von früher Kindheit an meist sich selbst überlassen blieb. »Ich habe sehr bald das Alleinsein gelernt, und auch gelernt, es nicht zu hassen, sondern gern zu haben«, sagte er. Die Eltern ließen ihn jedoch das Gymnasium besuchen und dann Medizin studieren, Zahnarzt sei er geworden, »weil man den immer braucht«. Vater und Mutter würden noch leben, und zwar in derselben, unverändert schäbigen Wohnung, in der er selbst aufgewachsen sei, aber sie müßten schon lange nicht mehr arbeiten, er als einziger Sohn könne ihnen seit Jahren ein sorgloses Leben schenken, was ihm ein Anliegen sei. Die beiden hätten immer wieder Reisen unternommen, säßen daheim vor einem tollen Fernsehapparat, würden sogar ab und zu gute Restaurants besuchen, eben all das, was für sie früher nicht möglich gewesen sei. »Sie lieben Ihre Eltern«, sagte ich. »Von Herzen«, antwortete er. Dann sah er mich an. »Und Sie? Wie war das bei Ihnen? Hatten Sie gute Eltern?« Ich begann zu überlegen. »Ich hatte eine sehr gute Mutter und einen charmanten Vater, der sie andauernd und so offensichtlich betrog, daß ich es als Kind rasch mitbekam.« »Haben Sie darunter gelitten?« »Nein, nicht sehr, denn ich durfte tanzen.«

»Schon als Kind?« »Ja«, sagte ich und sah mich im Tanzkleidchen vor Madame Minuit stehen, »sogar als noch sehr kleines Kind. Meine Familie litt damals, wie wohl alle anderen Familien auch, an den Folgen des Krieges, es gab wenig zu essen, rundum Ruinen und Schutt, es gab Tote und Elend. Aber unsere großbürgerliche Villa war zum Glück unzerstört geblieben, und ich war zu klein, die Greuel und den Schrecken des Krieges und die Not der Nachkriegszeit zu verstehen. Wurde ich doch trotz der Mühe, die es machte, gut ernährt, ich war satt und zufrieden, und eine kaputtgeschlagene Stadt galt mir, aus Mangel an anderer Erfahrung, als selbstverständliches Beiwerk des Lebens. Mein Vater hatte es irgendwie geschafft, nicht einrücken zu müssen, er arbeitete bald wieder als Architekt und hatte daneben eine Affäre nach der anderen, ›alles wie vor dem Krieg‹, sagte meine Mutter später einmal mit Bitterkeit. Aber sie, als musisch begabte Frau, ging mit mir ins Theater, sobald das wieder möglich war, ich sah ein Kinderballett und alles andere um mich versank.« Und ich erzählte Vincent von meiner kindlichen Hartnäckigkeit, von der Liebe zum Tanz, einer Liebe, die mein Leben so lange erfüllt und begleitet hat. Ich erzählte und erzählte, von den harten, mich jedoch begeisternden Jahren als junge Tänzerin, von den Erfolgen, die sich allmählich einstellten, vom Choreographieren, und von der Gründung meiner Tanz-Truppe.

Ich muß hier, auf den Tagebuchblättern, meine Erzählung kürzen, so gern ich bisher in Gespräche zurücklauschte und sie aufzuschreiben versuchte. Aber gestern abend geriet ich tief ins Vergangene zurück, und da Vincent mich nicht unterbrach und aufmerksam zuhörte, sprach ich zu lange und zu ausführlich, um es jetzt wiedergeben zu können. Was ich jedoch genau weiß, ist die Tatsache, daß ich nur vom Beruf sprach. Gestern befand ich mich plötzlich zur Gänze wieder dort, wohin ich *von Kindesbeinen an* (ja, im wahrsten Sinn!) gewollt und mich auf den Weg gemacht hatte. Während ich Vincent davon erzählte, wurde auch mir selbst nach sehr langer Zeit wieder bewußt, was es für mich bedeutet hatte, zu tanzen und Tanz zu kreieren.

»Und das fehlt Ihnen nicht?« Schon bei unserem

ersten Treffen hatte er ähnliches gefragt, und wieder sagte ich: »Ich bin siebzig Jahre alt, Vincent, und wenn man in diesem Alter nicht sein lassen kann, was nicht mehr paßt, ist man arm dran.« Er sah mich forschend an. »Aber auch wenn man's sein läßt, kann einem etwas fehlen«, sagte er dann, »und Jahre können nicht schmälern, wie jung Sie wirken. So, wie Sie jetzt vor mir sitzen.«

Darauf wußte ich nichts zu sagen. Ich schwieg. Jetzt aufwendig zu widersprechen, hielt ich für läppisch. Also entstand plötzlich, und das zum ersten Mal an diesem Abend, eine Pause. Ich füllte unsere Gläser nach, obwohl ich eigentlich das Gefühl hatte, bereits genug getrunken zu haben.

»Sie haben so schön von Ihrem Beruf erzählt«, sagte Vincent nach einer Weile, »und mir ist klar, daß der Tanz Ihnen Erfüllung geschenkt hat. Aber doch sicher nur auf einer Ebene Ihres Lebens, Sie sind schließlich —« »Die anderen Ebenen meines Lebens gehen niemanden etwas an!« unterbrach ich ihn sofort, und es klang schroffer, als ich beabsichtigt hatte. Er richtete sich auf. »Natürlich, verzeihen Sie«, sagte er, und wieder schwiegen wir. Mir tat leid, so heftig reagiert zu haben, und ich wußte nicht, wie ich die entstandene Beklemmung wieder auflösen sollte. Als ich jedoch wahrnahm, daß er sich vom Tisch erheben wollte, hielt ich ihn zurück, indem ich meine Hand fest auf die seine legte. »Verzeihen *Sie*, und bleiben Sie bitte«, sagte ich, »es lag nicht in meiner Absicht, Sie derart anzufahren. Aber die private Ebene meines Lebens – und die wollten Sie ja ansprechen, oder? – ist nicht dazu geeignet, unser Gespräch hell und erfreulich weiterzuführen. Verstehen Sie das bitte, Vincent.« Jetzt legte er die andere Hand auf die meine, hatte also meine Hand zwischen seinen beiden Händen, und ich fühlte es.

Ja, ich fühlte eine Wärme, die mich durchdrang, ich gebe es zu. Ich fühlte es, berührt zu werden, ein Gefühl, das ich ja kaum noch kenne. Es verwirrte mich und ich zog meine Hand zurück. Vincent Keel tat auf taktvolle Weise, als hätte er meine Verwirrung nicht bemerkt, obwohl ich sicher bin, daß sie ihm auffiel. »Ich verstehe Sie ganz und gar, Paulina«, sagte er, »und es lag mir fern, Sie nach Privatem auszufragen. Aber ohne irgendein Recht dazu zu haben, werde ich den Eindruck nicht los, daß Sie sich allzusehr – nun gut, sagen wir *verschließen*.« »Vor Ihnen? Habe ich Ihnen zuvor nicht pausenlos aus meiner Vergangenheit erzählt? Tut das ein Mensch, der sich verschließt? Und bedeutet Offenheit, sich unbedingt preisgeben zu müssen?« »Nein!« rief Vincent, »ich rede nicht vom Preisgeben! Nicht einmal von Offenheit rede ich! Ich rede nicht davon, wie Sie anderen Menschen, mich eingeschlossen, begegnen sollten, oder gar, was Sie zu eröffnen bereit sein müßten oder nicht.« »Wovon reden Sie dann?« fragte ich. Jetzt schwieg er. Plötzlich schüttelte er heftig den Kopf. »Ich bin mir jetzt selber zuwider und halte lieber den Mund«, sagte er, »Sie haben recht, ich bin zu weit gegangen. Es liegt wohl daran, daß ich eine Nähe zu Ihnen spüre, die nicht existiert. Und deshalb meinte ich zu spüren – daß Sie vor sich selbst einiges zu sehr verschließen – daß es Tränen gibt, die Sie noch nicht geweint haben – aber Schluß jetzt, ich fange schon wieder an, Ihnen zu nahe zu rücken, verzeihen Sie.«

»Ich habe alle Tränen geweint«, sagte ich.

Ja, statt ihn zurechtzuweisen oder das Thema zu wechseln oder aufzustehen und den Abend zu beenden, gab ich in aller Ruhe diese Antwort, der ich selbst mit Erstaunen hinterherlauschte. Auch Vincent Keel wirkte überrascht, aber er schwieg. Und ich sprach plötzlich weiter.

»Ich weiß, daß Sie von den Verlusten wissen, die mich ereilt haben. Daß Sie wissen, wann und wie ich meinen Gefährten Antonio Neblo verloren habe. Und daß Sie wenig vom Tod meiner Tochter wissen, weil ich darüber wenig gesprochen habe, auch mit Flory, die immer gern mehr davon erfahren hätte. Ich kann mir vorstellen, daß sie es war, die bei Ihnen die Meinung vertreten hat, ich, Paulina, würde diese Verluste *verdrängen*.

Weiß ich doch, daß dieses Modewort —« »Hören wir auf«, unterbrach Vincent mich, »klar bin ich auf solche Meldungen hereingefallen, hören wir bitte auf!« »Nein«, sagte ich, »jetzt möchte ich doch noch kurz weitersprechen. Weil ich damals sogar bei Freunden mit deren Verblüffung, ja Argwohn konfrontiert wurde, wenn ich mich nach dem Tod meiner Tochter *normal* aufführte, also nicht ständig in Tränen ausbrach und sogar lachen konnte. Andererseits verlor ich Freunde, weil manche nicht wußten, wie sie mit mir umgehen sollten. Weil das, was mir zustieß, ihnen zu gewalttätig erschien, um mit mir darüber zu sprechen oder es sich auch nur vorzustellen. Aber andererseits hätte *ich* in deren Vorstellung wohl mehr darüber sprechen und mehr Leid herzeigen müssen. Und genau das tat ich nicht. Aber ich konnte nicht mehr arbeiten, ich mußte die Company auflösen. Ich war unfähig geworden, zu kommunizieren, ich wollte allein sein. In den Äußerungen blieb ich gefaßt und ruhig, aber im Inneren war ich ebenfalls tot, wie mein Kind. Was lebte, waren Schmerz und Trauer, und sie haben all meine Lebenskraft gefordert, so paradox das klingen mag. Ich kann Ihnen nicht sagen, warum ich weiterlebte. Sowieso werde ich sterben, und zwar absehbar, dieser Gedanke half mir.«

Morgen schreibe ich weiter, es ist tiefe Nacht und ich kann nicht mehr.

Samstag.
Ich konnte gestern nicht weiterschreiben, ich konnte überhaupt nichts tun, ich war einfach nur müde. Mir war nicht aufgefallen, daß die *tiefe Nacht* bereits in den frühen Morgen gewechselt hatte. Als ich aus dem Bad kam und ins Bett schlüpfen wollte, sah ich es zu meiner Überraschung hell werden. Also zog ich hermetisch die Fensterläden zu und versuchte im abgedunkelten Zimmer rasch einzuschlafen, was mir jedoch nicht gelang. Zu sehr hatte mein Aufschreiben mich aufgewühlt. Das kommt davon, dachte ich. Das kommt von solchen Einladungen und von deiner Gesprächsbereitschaft. Und es kommt davon, daß du angefangen hast, alles aufzuschreiben, Tagesabläufe zu schildern, Gesprochenes nachzuempfinden, und von den wenigen Begegnungen in deinem gegenwärtigen Leben so zu berichten, als wären diese für dich von Bedeutung. Das alles hielt ich mir vor, während es Morgen wurde. Ich wälzte mich

im Bett hin und her und stand knapp vor dem Entschluß, das Tagebuchschreiben ab nun wieder bleiben zu lassen.

Als ich Hortensia kommen hörte, stand ich auf und frühstückte. Ein vergoldeter Tag lag vor den Fenstern, Jahr für Jahr gibt es ihn plötzlich, diesen Tag, an dem es herbstlich zu werden beginnt, aber nur als Ahnung, als ein erster Hauch von Herbst. Seit jeher liebe ich das Brüchigwerden des Sommers, liebe ich die Milde und Zartheit, die sich darin ausdrückt.

Ich wäre zum Mittagessen nicht zu Hause, sagte ich also, bat Hortensia, mir für später einen Imbiß bereitzustellen, nahm ein Taxi und ließ mich aus der Stadt fahren, weit hinauf in die Hügel. Und dann wanderte ich, an Wiesenrändern, auf Waldpfaden, bergauf, bergab, wie der Weg, den ich einschlug, es wollte. Manchmal setzte ich mich nieder, auf einen gefällten Baumstamm oder in warmes Gras, um ein wenig auszuruhen. Kaum ein Mensch war an diesem Werktag unterwegs, nur an Wochenenden begegnet man auf den Wegen fern der Stadt einigen Ausflüglern. Aber ein stämmiger alter Mann, den ein semmelblonder Hund begleitete, kam mir entgegen und sagte freundlich grüß Gott. »Grüß Gott«, erwiderte auch ich, ein Gruß, den ich trotz intellektueller Abwehr in jüngeren Jahren wieder gern ausspreche, lieber jedenfalls als das glatte *guten Tag*. Wir lächelten uns zu, der Hund schnupperte an mir. »Wie heißt er denn?« fragte ich, »Rumba«, sagte der alte Mann und ich lachte überrascht auf. »Ein lustiger Name!« »Tja, seines Herrchens Lieblingstanz!« Er grinste fröhlich und ging weiter. Als auch ich meinen Weg fortsetzte, kam mir plötzlich zu Bewußtsein, daß dieser von mir als *alt* bezeichnete Mann jünger sein könnte als ich selbst, und daß der Hinweis, er tanze gern Rumba, mich völlig zu Unrecht verblüfft hatte. So ist das mit dem Altwerden. Immer geschieht es mit den anderen rundum, selbst behält man ja lebenslang sein junges Herz und seine hoffende Seele, wenn der Kopf mithält. Man *weiß* vom eigenen Alter, aber man fühlt es nicht. Auch wenn der Körper einen zwackt, von innen her begreift man ihn als unverändert. So oft die Überraschung vor den Spiegeln, wenn einem da jemand entgegenschaut, der nichts mit der inneren Schau seiner selbst zu tun hat. Ich dachte auf meiner Wanderung wiederholt über das Altwerden nach, und eindringlicher, als ich es sonst tue, und ich begann mich zu fragen, warum. Im Versuch, mit mir selbst ehrlich umzugehen, begann ich auch über den Abend mit Vincent Keel nachzudenken. Ich wanderte durch hochsommerliche Landschaften, über denen ein erster zarter Schimmer von Herbst zu liegen schien, und versuchte das Ende

135

dieses Abends zu rekonstruieren. Vincent hatte sich nach meinen Worten nochmals dafür entschuldigt, mich mit Fragen bedrängt zu haben. Ich sagte daraufhin nichts mehr über den Tod meiner Tochter, und er war es, der andere Themen aufgriff. Obwohl vor Sattheit stöhnend, aßen wir dann doch noch portugiesische Puddingtörtchen, eine weitere Spezialität aus Hortensias Küche. Als ich kundtat, diese Törtchen im Backrohr aufwärmen zu müssen, folgte er mir in die Küche und wir blieben gleich dort. Auch den Kaffee servierte ich am Küchentisch, und er machte sich bei allem rasch und unaufwendig nützlich. »Sie scheinen ein Mann zu sein, der etwas von Küchenarbeit versteht«, sagte ich. »Ja, ich kann das«, gab er ruhig zur Antwort. »Ich nicht!« Aus irgendeinem Grund fand ich nötig, das zu betonen. »Tja, so kann jeder das Seine!« Er lächelte mich an, und ich mußte an Neblo denken, der mich und meine Koch-Phobie auch stets auf diese sanfte Weise belächelt hatte. Neblo kochte hervorragend, wenn Hortensia ausfiel, während ich, mir selbst überlassen, stoisch beim Butterbrot verharrte. »Neblo – mein Mann – konnte es auch«, sagte ich, »kochen, meine ich – vor allem die spanische Küche –« Ich mußte aufhören zu sprechen, weil ich plötzlich mit Tränen kämpfte. Auch Vincent schwieg. Als ich mich wieder gefaßt hatte, gelang mir sogar, hell aufzulachen. Dann sagte ich: »Er und meine Tochter nannten mich jedenfalls *unser Küchenwunder*, weil mir auf wundersame Weise in der Küche alles aus der Hand zu fallen pflegte. Die Küchengeräte schienen mich abzuwehren wie einen Feind.« Jetzt lachte auch Vincent Keel und unser Gespräch setzte sich heiter und mühelos fort. Er half mir später, alles ein wenig in Ordnung zu bringen, obwohl ich seine Hilfe mit dem Hinweis abwehrte, daß ja »morgen meine Zugehfrau käme«. »Ist das die Dame mit dem schönen Namen Hortensia?« fragte er arglos, aber es beschämte mich. »Ich leiste jetzt und hier den Schwur, dieses blöde Wort *Zugehfrau* nie mehr zu gebrauchen«, sagte ich, »weiß der Teufel, woher ich es habe.« »Von ein paar fernen adeligen Vorfahren vielleicht?« »Nein, keinerlei Adel, aber sehr wohl spießiges Großbürgertum, im Hinblick auf Dünkelhaftigkeit ohnehin das Ärgste! Sicher kommt daher die *Zugehfrau* geflogen, sicher habe ich diese Bezeichnung als Kind irgendwann gehört.« Und in dieser sehr persönlichen Weise unterhielten wir uns weiter, ohne Floskeln, mit Aufrichtigkeit, aber auch unbeschwert. Es war spät, als er sich schließlich verabschiedete. Wir hatten mehrere Flaschen Wein getrunken und waren beide nicht mehr nüchtern. Nur deshalb, denke ich, ließ ich zu, daß er mich vor der Haustür in die Arme schloß und daß ich in dieser Umarmung verharrte. Es tat so wohl, dicht an seinem Körper zu lehnen und mich von Männerwärme umschlossen zu fühlen, nach Ewigkeiten wieder einmal die Frau in mir zu erfahren. Aber es währte wohl nur einige Atemzüge, bis ich mich aus seinen Armen löste und ihn von mir schob. Kurz schauten wir einander an, dann sagte ich: »Gute Nacht, Vincent.« »Gute Nacht, Paulina, und danke für den schönen Abend.« »Ja, er war nett, nur letzteres hätten wir bleiben lassen können.« »Gerade letzteres fand ich besonders schön.« »Adieu.« Ich drehte mich um, ging ins Haus zurück und schloß die Tür hinter mir. So endete er also, dieser Abend.

Und während ich gestern dahinwanderte, kam mir gerade dieses Ende immer wieder in den Sinn, ich bereute, die Umarmung zugelassen und mein Alter nicht besser behütet zu haben. Wieder *sah* ich es vor mir, ich sah mich in den Armen dieses viel jüngeren Mannes und sah ein Bild, das mich beschämte.

Irgendwann wurde ich schlagartig todmüde, mußte mich jedoch noch eine Weile dahinschleppen, um wieder in die Zivilisation zurückzugelangen. Du bräuchtest ja doch so ein blödes Handy, schalt ich mich, jetzt zum Beispiel, um ein Taxi zu rufen! In einem Ausflugsrestaurant, das ich erschöpft erreichte, tat das dann die Wirtin für mich, und ich trank unter einem Kastanienbaum ein Glas Apfelsaft, während ich auf den Wagen wartete. Als ich endlich daheim ankam, war es früher Abend, und nachdem ich ein paar Bissen gegessen hatte, fiel ich sofort ins Bett. Zwei Tage und eine Nacht lang hatte ich nicht geschlafen. Obwohl meine Beine vom Wandern schmerzten, schlief ich wie eine Tote, und bis heute Mittag.

Ehe sie in ihr Wochenende aufbrach, bereitete mir Hortensia noch ein verspätetes, aber opulentes Frühstück zu. Sie hoffe, es sei mir recht, sagte sie, aber da ich so fest und lange geschlafen habe, hätte sie es unterlassen, mittäglich aufzukochen. Prima, sagte ich und goß mir Kaffee ein. Ich fühlte ihren besorgten Blick, seit ich gähnend zu ihr in die Küche gekommen war, jedoch blieb sie zurückhaltend wie stets und stellte keine Fragen. Der Kühlschrank sei voll, ich hätte genug Eßbares im Haus und solle bitte davon Gebrauch machen, schärfte sie mir noch ein, und mit einem »Bis Montag also! *A deja!*« ging sie davon.

Auch heute herrscht spätsommerliche Milde, das Ahornlaub vor mir leuchtet sonnengolden, und der Nachmittag beginnt sich zu neigen. Ich bin zwar ausgeschlafen, aber die Aufschreiberei hat mich wieder ermüdet. Nein, nicht ermüdet. Beunruhigt! Was erwartet sich Florys Mann von mir? Und auch, wenn er nicht mehr Florys Mann sein sollte, was erwartet sich dieser noch junge Mann von mir alter Frau. Oder *erwartet* er ohnehin nichts, ist er nur – ja, nur *was*? Was ist er? Was beunruhigt mich? Warum kann ich Vincent Keel nicht in ähnlicher Weise innerlich abtun, wie ich es mit meinem alten Lover Maxime konnte? Seltsam, diese Begegnungen der letzten Zeit, die mich aus meiner Abgeschiedenheit gelockt haben und mich plötzlich wieder mit Fragen konfrontieren, die ich für dieses Leben hinter mich gebracht zu haben meinte. Ich nehme aber auch jetzt, im Alter, alles viel zu ernst, glaube ich. Lege jede Form menschlichen Verhaltens zu sehr auf die Waagschale. Wenn man sich von den Menschen *en gros* zurückzieht, können einzelne Menschen, die plötzlich auftauchen, allzu bedeutungsvoll für einen werden. Vielleicht fehlt mir für mein alltägliches Leben denn doch Gespräch und Austausch. Eine Freundin fehlt mir vielleicht. Keine Frau, die sich bei mir ausheulen kommt wie Flory, nein, ein kluger, weiblicher Mensch möglichst meines Alters, mit ähnlicher Bildung und Lebenseinstellung, humorvoll, und vor allem in keiner Weise frustriert. Frustration macht Freundschaft mit Frauen schier unmöglich. Ich weiß es, ich habe ein paar sogenannte Freundinnen früher aus diesem Grund verloren. Sarah Ledig lebt ohne Frust und heiter, aber mich ihr wirklich freundschaftlich verbunden zu fühlen, dazu fehlt es denn doch an unser beider innerer Anteilnahme. Ich mag sie gern, jedoch nur ab und zu. *Diese* Freundin, die mir vorhin als Lebensbereicherung in den Sinn kam, die gibt es wohl nicht. Oder verlange ich auch dabei viel zu viel. Zum Beispiel ertrage ich es schwer, wenn Frauen *tratschen*. Auch gescheite, kultivierte Frauen neigen dazu. Gespräche werden zwischen Frauen viel zu schnell Tratschereien, und das vor allem, wenn kein männliches Ohr sie belauscht. – Ich erkenne es an meinen eigenen Ausführungen, eine Freundin für *Gespräch und Austausch* bleibt für mich Utopie. Tja, Paulina!

Gewiß wäre es bereichernd, mit so einem *Rumba* durch die Wälder zu streifen, gewiß wäre ein Hund der wahre Gefährte für eine einsame, alte Frau, wie ich es bin. Aber wie schon oft von mir durchdacht – gerade als einsame, alte Frau muß ich mir diesen Wunsch untersagen. Das Herrchen von *Rumba* habe ich auf Anhieb als alten Mann eingeschätzt, er ist also auch nicht mehr der jüngste, aber mit Sicherheit hat er Frau, Kinder, Enkelkinder, ein Hauswesen, eine Umwelt, die für *Rumba* da ist, wenn er selbst ausfällt. Die meisten Menschen haben das doch. Haben Familie.

Oder irre ich? Verirre ich mich heute willentlich in diesen Irrtum, weil ich mich heute mehr als sonst – ja, weil ich mich allein gelassen fühle?

Sind denn nicht die meisten Menschen einsam, auch mit Familie? Mehr noch, ist Familie nicht oft und für viele eine Art Gefängnis? In dem man sich einsamer fühlt, als wäre man allein gelassen? Waren wir drei, meine Tochter, Neblo und ich, nicht leuchtende Ausnahmen, als wir familiär zusammenlebten?

Warum durfte das nicht währen.

Sonntag.
Was für eine Stille. Was für ein gesegneter Tag. Ich lag lange am Ende des Gartens unter den Bäumen, lag, ohne irgend etwas zu tun, sogar ohne zu lesen.

Gestern mußte ich das Schreiben abbrechen, ich geriet in eine Woge unermesslichen Schmerzes, die mich hinwegschwemmte. Seit langem bin ich dem nicht mehr in dieser Weise erlegen. Nachdem ich mich ausgeweint hatte, nahm ich zwei Tabletten Valium, trank danach eine halbe Flasche Rotwein zu Hortensias kaltem Hühnchen, und ließ mich mit Hilfe des Fernsehprogramms in ein wohliges Nichts davongleiten. Leicht betäubt legte ich mich weit nach Mitternacht zu Bett und schlief auch rasch ein. Jedoch der frühe Morgen riß mich schmerzhaft hoch. Mehr und mehr werden mir die Morgenstunden, wird mir die Zeit nach dem morgendlichen Erwachen zur gefährlichsten Wegstrecke meines tagtäglichen Weiterlebens. Weil ich mir da mit aller Schärfe meines unnötigen Aufenthalts auf Erden bewußt werde. Nichts mehr nötigt mich zu bleiben. Für jede Form von Zukunft ist es zu spät. Als Neblo und meine Tochter gingen, gab es niemanden mehr, *zu dem ich gehörte*. Ich weiß, daß die Menschen einander nicht zu *gehören* haben, aber dieser Begriff drückt menschliche Nähe und Gemeinsamkeit aus, deshalb verwende ich ihn. Man möchte irgendwohin gehören. Aber ich gehöre nur noch der Endlichkeit, dem Warten auf meinen Tod. Jedenfalls empfinde ich das so, wenn ich am Morgen erwache. Vater, Mutter, Geschwister (ich hatte einen Bruder und eine Schwester, beide um einiges älter als ich, die Nachzüglerin) sind bereits tot. Die Tanz-Familie gab ich auf und sie zerstob, flüchtig wie jede berufliche Zusammengehörigkeit. Und um »Freunde und Bekannte«, um dieses Menschenumfeld, das man selbst fleißig beatmen muß, um es sich zu bewahren, kümmerte ich mich nie. Ich tue zu wenig dafür, *beatme* eben zu wenig. Gehe schließlich kaum zu Einladungen, meide gesellschaftliche Anlässe, finde nichts langweiliger als

Leute, mit denen kein Gespräch, nur Konversation möglich ist, und bin andererseits auch in keiner Weise willens, bereichernde Gespräche mit Menschen zu *suchen*. Also ein hoffnungsloser Fall im Hinblick auf soziale Einbindungen.

Dazu kommt, daß ich gern allein bin. Immer schon gern allein war. Schon als Kind konnte man mich stundenlang allein in meinem Zimmer lassen, ohne sich um mich zu kümmern. Wir waren wohlhabend genug, unser Haus war groß genug, jedem der Kinder von klein auf ein eigenes Zimmer zuzugestehen. Wenn ich also nicht tanzte oder zur Schule mußte, zog ich mich zurück. Ich blieb einfach lieber für mich, und mit der Familie verbrachte ich nur das Unerläßlichste an Zeit. Nicht viel mehr als die täglichen Mahlzeiten, ab und zu gebotene familiäre Zusammenkünfte, wie etwa Ostern oder Weihnachten, und mit Mühe und Not ein paar Ferientage. Außer daß die anderen Familienmitglieder immer wieder die Auskunft geben mußten: »Paulina tanzt«, wurde manchmal noch seufzend hinzugefügt: »Wenn sie nicht grade in ihrem Zimmer hockt und niemanden hereinläßt.«

Meine Geschwister verließen ja viel früher als ich das elterliche Haus, und wenn sie zu Besuch kamen, galt ihr fröhlicher Spott stets mir, dem »weltfernen Kücken«. Sie empfanden mich als ein über den Wirklichkeiten dieser Welt schwebendes Geschöpf, weil ich entweder tanzte oder mich auf eine geheimnisvolle Weise vor ihnen zurückzog. Der älteste von uns war mein Bruder Lothar. Als erfolgreicher Physiker wurde er bald nach London berufen und heiratete dort eine Engländerin, die ich nur wenige Male zu Gesicht bekam. Ab und zu reiste er an, um Vater und Mutter zu besuchen, und was er von mir erfuhr, ließ ihn lächelnd den Kopf schütteln. »Sie wird uns eines Tages noch davontanzen!« sagte er einmal. Und was ihn betraf, geschah das auch. Als mich meine Karriere als Tänzerin weg von zu Hause und kreuz und quer durch die Welt führte, sah ich ihn eigentlich kaum noch. Er starb sechzigjährig in England. Zu seiner Familie hatte ich nie Kontakt gehabt, wir begegneten einander nur bei Lothars Begräbnis und danach nie wieder. Meine ebenfalls um einiges ältere Schwester hieß Daniela und zog mit ihrem Ehemann, der Bodenkultur studiert hatte, in ein kleines Dorf, wo sie einen landwirtschaftlichen Betrieb aufzogen. Auch sie ging mir sehr bald verloren, weil wir uns in so grundverschiedenen Lebensbereichen aufhielten. Ich kam nur selten dazu, sie zu besuchen, und sie kam nur selten in die Stadt. Bei unseren wenigen Treffen sprachen wir, wenn überhaupt, über ihre Hühner und den Maisanbau. Sobald Daniela etwas vom

145

Tanzen hörte, belächelte sie dies als »Luxus für Stadtpflanzen wie dich, liebe Paulina, nichts für uns Landeier«. Sie wurde älter als Lothar, blieb aber kinderlos, und auch ihren Mann sah ich nur wenige Male. Beide, Lothar und Daniela, starben plötzlich. Oder erfuhr ich es plötzlich, weil wir davor kaum noch Kontakt hatten? Zu dritt beisammen waren wir zu guter Letzt auch nur noch bei Begräbnissen, und zwar bei denen unserer Eltern, die knapp hintereinander starben. Die Mutter an Krebs, der Vater kurz danach an einem Schlaganfall. Auch um die beiden habe ich mich kaum gekümmert, gab es doch genügend Geld für ständig anwesende Pflegerinnen. Ich kam nur ab und zu kurz vorbei, um flüchtig und heiter Anwesenheit zu demonstrieren, und geriet danach rasch wieder in den Sog meiner beruflichen Anspannungen, ohne an die Eltern zurückzudenken.

Eigentlich war ich ein Scheusal.

Jetzt, wo ich meine familiären Sachverhalte so nüchtern aufschreibe, wird mir grausam bewußt, wie lange ich nur für das Tanzen, die *Company*, für mein *künstlerisches* Tun gelebt habe. Wie blind für andere, wie ich-bezogen ich dahinlebte, trotz all meiner Liebesaffären. Erst die Geburt meiner Tochter ließ mich wahrnehmen, was es heißt, einen anderen Menschen verantwortlich

und ohne Rücksicht auf sich selbst zu lieben. Ein
Kind lehrt Lieben, auch wenn man es davor noch
nie tat. Auch wenn man davor nicht wußte, was
Lieben ist.

ein Freitag.

(Tage später)

Ein Wunder, daß ich jetzt doch noch weiterschreibe, mir war zumute, als hätte es sich erledigt. Als hätte sich erledigt, diesem Leben noch irgend etwas abzugewinnen, also auch, es zu beschreiben. Etwas Grauenvolles ist mir zugestoßen. Grauenvoll für mich. Sicher in keiner Weise grauenvoll für die, die es verursacht haben, im Gegenteil, die wollten es so. Und sie dachten wohl nur, ich sei verrückt, weil ich derart herumgeschrieen habe. Machtlos und sinnlos habe ich versucht, gegen diese Katastrophe anzubrüllen, aber meine Schreie sind verhallt, ohne irgend etwas aufhalten zu können.

Man hat um meinen Garten herum gerodet. Große herrliche Bäume geschlägert. Bäume, die mir Schatten und Geborgenheit geschenkt hatten. Die mein Grundstück dicht und schützend umgaben. Am Sonntag, dem Tag meiner letzten Aufzeichnung, lag ich noch unter den Bäumen am Ende des Gartens und sah mit Liebe zu ihnen hoch. Dann, gegen Abend, ließ ich mich wieder vom

Fernsehprogramm und ein paar Gläsern Rotwein betäuben, ehe ich ins Bett fiel. Ich schlief besonders tief in dieser Nacht. Und dann weckte mich früh am Morgen eines der gräßlichsten Geräusche auf Erden, das von Baumsägen. Ich zog schnell etwas über und stürzte hinaus. Da hingen bereits zahllose Männer in den Wipfeln, sägten mit Elan, schrieen einander Kommandos zu, die vollbelaubten Äste krachten herab. Ich muß tatsächlich wie eine Verrückte gewirkt haben, eine alte, weißhaarige Frau, die heulend und kreischend herumstolperte und gestikulierte. Die Männer lachten und schüttelten die Köpfe, wenn sie mich überhaupt beachteten. Einer rief mir schließlich zu: »Muß sein, Madame, ist Anordnung.« »Aber *warum*?!!« schrie ich. »Viel Sturm, Leute haben Angst, Bäume krank.« »Aber die Bäume *sind nicht krank*!!!« brüllte ich. Der Mann zuckte die Achseln und kümmerte sich jetzt auch nicht mehr um mich. Ich sah Besitzer der Nachbarvillen ans Fenster treten, mich spöttisch mustern und die Vorhänge zuziehen. Ich habe nie nachbarlichen Kontakt gepflegt, kenne die Leute alle nicht, und deshalb ging diese *Anordnung* wohl auch an mir vorbei. Vielleicht hätte man mich, wäre ich zugänglicher gewesen, vom geplanten Bäumemord unterrichtet, so aber ließ man diese Dame, die sich ohnehin nie um irgend etwas kümmert, unbenachrichtigt.

Hortensia fand mich weinend und völlig aufgelöst, ich lief am Zaun meines Gartens hin und her und versuchte immer noch, einzugreifen. Sie umfaßte meine Schultern, sprach beruhigend auf mich ein und versuchte mich ins Haus zurückzuführen, wogegen ich mich sträubte. Schließlich wurde sie energisch und drängte mich mit aller Kraft vom Anblick herabstürzender Äste und fallender Baumstämme hinweg, sie schob mich entschlossen aus dem Garten ins Hausinnere, und dort sofort in die Küche. »Sie trinken jetzt Baldriantee und schlucken eine von diesen Valien oder wie das heißt, diese Pulver, die Sie manchmal nehmen!« befahl sie mir. Sie wußte, wo meine Packung Valium zu finden war, ich nahm also drei Tabletten, trank den Tee, schluchzte, stieß immer wieder »Diese Mörder! Diese Bagage! Diese Verbrecher!« und ähnliches hervor, bis mich langsam Erschöpfung erfasste. »Das ist so auf der Welt«, sagte Hortensia, als ich ruhiger geworden war, »alte Bäume müssen weg und junge Bäume werden gepflanzt. Die Leute werden sicher neue Bäume pflanzen.« »Aber ich werde nicht mehr erleben, daß sie groß werden! Nie mehr werde ich diese herrlichen hohen Wipfel um mich haben! *Nie mehr*!« Und wieder weinte ich. Ich weinte mir die Seele aus dem Leib, ich weinte um alles, was mir je geraubt worden war. Hortensia führte mich behutsam in mein Schlafzimmer, schüttelte die Kissen auf, hieß mich niederlegen und deckte mich zu. »Am besten, Sie schlafen jetzt«, meinte sie und lächelte auf mich herab, »vielleicht haben Sie etwas, um den Lärm von den Sägen nicht hören zu müssen?« Ich holte, auf abwesende Weise gehorsam, Oropax aus der Nachttischschublade, stopfte es mir ins Ohr, zog die Decke über mein Gesicht, das Valium wirkte, und ich ließ mich fallen. Ich fiel. Fiel aus dem Rest meiner Lebensbejahung und Daseinsfreude, fiel aus der Welt, versank in einem Nichtvorhandensein, dem ich mich bereitwillig überließ. Ich wollte nicht mehr leben.

Der Tag verging. Später umgab mich die Stille der Nacht, jedoch der nächste Tag brachte wieder das Lärmen der Baumrodung. Ich erneuerte nur meine Ohrstöpsel und blieb im Bett liegen. Ich wollte für immer im Bett liegenbleiben. Auch als das Schlägern erledigt war, ich keine Säge, kein Geschrei, kein Stürzen der Bäume mehr hörte, blieb ich im Bett. Ich wollte nicht sehen, was geschehen war, wollte den Garten nie mehr betreten, wollte mich im Haus verbergen und zwischen meinen Kissen und Decken begraben. Als die Packung Valium aufgebraucht war, bat ich Hortensia, meinen Hausarzt aufzusuchen und mir mehr davon zu beschaffen. Das gelang ihr auch, aber in meinem Zustand des Dahindösens und Schlummerns nahm ich dennoch immer wieder ihr besorgtes Gesicht wahr, das sich über mich neigte. Ich weiß nicht, wie der armen Frau zumute gewesen sein mußte, wenn sie mich gegen Abend allein im Haus zurückließ. Aber ehrlich gesagt, kümmerte es mich auch nicht. Nichts kümmerte mich. Ab und zu zwang Hortensia mich, etwas warme Suppe oder Tee zu mir zu nehmen, ab und zu taumelte ich ins Badezimmer und sah dort ohne jede Regung mein kreidebleiches Gesicht im Spiegel. Aber im übrigen gab es mich nicht. Ich war nicht mehr vorhanden.

Weit über eine Woche ging das so. Vor zwei Tagen wurde Hortensia plötzlich auf verzweifelte Weise energisch, sie schrie auf mich ein, so befehlend, wie ich es bei dieser stillen Frau noch nie erlebt hatte. Während sie mich hochzerrte, an mir rüttelte, mich zum Aufstehen zwang, vernahm ich in ihren erregt auf mich niederprasselnden Sätzen immer wieder das Wort »Telefon«. Zu guter Letzt brachte sie es fertig, mich zum Salon hinunter und dort an den Apparat zu schleifen und mir den Hörer in die Hand zu drücken. Lethargisch hielt ich ihn an mein Ohr, aber was mich jetzt akustisch überfiel, ließ mich zusammenzucken. »*Paulina*!!« brüllte jemand, »was höre ich da! Sie liegen seit Tagen im Bett, sagt mir Hortensia!« Langsam erkannte ich Vincent Keels Stimme. »Sie sagt, Sie schlucken unentwegt Valium, wollen nichts essen, sind nicht hochzukriegen – und alles wegen der Bäume!?«»Ja, alles wegen der Bäume«, murmelte ich. Weil ich taumelte, half mir Hortensia, mich auf das Sofa zu setzen. Dort lehnte ich kraftlos in den Kissen und wäre gern wieder eingeschlafen. Den Telefonhörer an meinem Ohr ließ ich jedoch seltsamerweise nicht los, und Vincent Keel sprach weiter, leiser jetzt, aber eindringlich. »Ich kann ja verstehen, daß der Verlust der Baumlandschaft um Ihren Garten Sie bestürzt und aus der Bahn geworfen hat, aber treiben Sie es bitte nicht zu weit. Hören Sie bitte deshalb nicht zu leben auf. Ich habe Sie so lange telefonisch nicht erreicht, ich dachte, Sie seien vielleicht verreist. Zum Glück hat Hortensia heute abgehoben, die Arme ist ja bereits völlig aus dem Häuschen, und sie wußte auch nicht, wen sie hätte verständigen und um Hilfe bitten können. Paulina, ich flehe Sie an, stehen Sie auf, trinken Sie starken Kaffee, kommen Sie wieder zu sich. Bitte.«

Jedes Wort, das er sagte, drang deutlich in mein Bewußtsein, trotz der tagelangen Betäubung schien mein Verstand ungetrübt zu sein. Nur merkte ich, daß ich langsamer sprach als sonst. »Wenn ich wieder zu mir komme, lieber Vincent«, sagte ich, »muß ich auch alles andere wieder wahrnehmen, und ich habe keine Lust mehr dazu.« Dann fühlte ich Tränen aufsteigen. »Vielleicht auch keine Kraft mehr«, setzte ich hinzu, und meine Stimme zitterte. »O doch«, sagte Vincent, »Sie haben Kraft. Sie haben noch genügend Kraft für ein ordentlich langes Stück Leben.« »Wie schrecklich«, antwortete ich, »ohnehin hat es schon zu lange gedauert.« »Das sagen *Sie*, aber bestimmt wird Ihre Lebensdauer anderswo. Stehen Sie bitte auf, Paulina. Und machen Sie mit mir eine Reise ans Meer.« »*Wie bitte?*« Ich meinte, nicht richtig gehört zu haben. »Ja, Sie gehören ans Meer. Wenn man sich so fühlt, wie Sie sich zur Zeit fühlen, gehört man ans Meer.« »Vielleicht stimmt das, aber warum soll ich gerade mit Ihnen ans Meer fahren?« »Warum nicht?« sagte er, »warum nicht gerade mit mir?«

Hortensia, die mit wachsamen Augen neben mir stand, hatte das Wort *Meer* förmlich elektrisiert. Sie nickte begeistert und gestikulierte aufmunternd. »*Mar! Sim, sim, Mar!!* Gute Idee!« rief sie mir zu. »Hortensia wäre sehr dafür, wie Sie vielleicht hören können«, sagte ich müde. »Na bitte!« sagte Vincent fröhlich. Mir schwindelte plötzlich. »Meer hin oder her«, murmelte ich, »ich bin mir nicht sicher, ob ich überhaupt noch lebensfähig bin. Sie sollten mich sehen.« »Würde ich sehr gern! Kann ich vorbeikommen?« Seine Lustigkeit strengte mich plötzlich an. »Leben Sie wohl, Vincent«, sagte ich und legte auf.

Danach blieb ich verdattert im Sofa sitzen. »Wäre gut, das Meer«, sagte Hortensia, und ich fühlte ihren beobachtenden Blick, »meine Mutter hat immer gesagt: Nur das Meer kann heilen. Sie hat nie verstanden, daß ich die Insel verlassen habe.« »Warum, Hortensia, fahren *Sie* nie ans Meer?« fragte ich sie. »*A vida*«, sagte sie, »das Leben.« Dann half sie mir aus dem Sofa. »Zum Badezimmer jetzt?« fragte sie vorsichtig, und ich nickte. Sie geleitete mich die Treppe hinauf und mir wurde klar, daß es Hortensia gelungen war, mit Hilfe dieses Telefonats meinen Absturz aufzuhalten. Während ich heißes Wasser in die Wanne laufen ließ und sie mir frische Frottiertücher bereitlegte, sagte ich leise: »Danke, Hortensia.« »*Nada*«, gab sie ebenfalls leise zur Antwort, »war nur eine böse Zeit.«

Ich badete also und sah, daß ich mager geworden war, daß meine alte Haut schlaff an mir hing. Ich wusch mir das Haar, cremte mich ein, ergab mich meiner vernachlässigten Körperpflege und hielt mich lange im Bad auf.

Dann sah ich durch die Läden Streifen späten Sonnenlichts dringen. Sämtliche Fenster waren auf meine Bitte hin von Hortensia geschlossen worden, wollte ich doch nie mehr erfahren müssen, was mein Haus umgab. Jetzt saß ich mit noch feuchtem Haar und in Hose und Pullover in der ebenfalls verdunkelten Küche, trank Kaffee und sah diese Sonnenstreifen. Hortensia stand am Herd, mit der Zubereitung von Speisen beschäftigt, die mich wieder aufpäppeln sollten, aber sie schien meinen Blick und meine Gedanken zu fühlen. »Gehen Sie heute noch hinaus in den Garten?« fragte sie, ohne sich umzuwenden. »Ich wollte es doch nie mehr tun«, sagte ich. Sie schien einen Laut des Unmuts zu unterdrücken, ich hörte ihr leises Schnauben. »Aber jetzt wollen Sie doch wieder«, sagte sie dann, »es sieht nicht so schlimm aus, wie Sie denken, schauen Sie nach, besser früher als später.« Ich schwieg. »Dann kann ich alle Fenster wieder öffnen und Sie müssen nicht im verdunkelten Haus sein«, fuhr Hortensia fort, »das wäre besser.«

Und ich tat es. Obwohl ich zitterte vor Angst, tat ich es. Ich betrat den Garten, der bis zu seinen Zäunen hin ja unverändert üppig war. Einige große Bäume dahinter hatte man *nur* beschnitten, jetzt ragen traurige Stümpfe in den Himmel. Viele sind verschwunden. Die Nachbarhäuser kann man plötzlich alle deutlicher sehen, und auch zu sehen ist, wie häßlich die neueren Villen sind. Gottlob stehen viele der Ahornbäume auf meinem Grund, vor allem die, in die ich beim Schreiben immer schaue. So wie jetzt.

Sie sind golden, und Blätter segeln zur Erde. Auch als ich vor zwei Tagen zum ersten Mal wieder meinen Garten betrat, sank Laub auf mich herab, als wolle es mich tröstend berühren. Mittlerweile ist der Herbst fortgeschritten, stellte ich fest, die wilden Weinblätter über der gartenseitigen Hausfront leuchten blutrot. Hortensia kam nach einer Weile zu mir heraus, wir standen nebeneinander, es wehte ein kühler Wind. »*Meo marido* ist gut für Gartenarbeit«, sagte sie, »ein echter *jardineiro*, wenn er will. Herbert kann Ihnen Bäume pflanzen, und viel Gebüsch, das schnell wächst.« »Ja«, sagte ich, »es wäre schön, wenn er mir rundum vieles pflanzen würde.« »*Fantástico!*« rief Hortensia aus, wohl hocherfreut, von mir wieder etwas vernommen zu haben, das mit Zukunft zu tun hatte. »Der Herbst ist dafür richtig, er kann, wenn Sie wollen, vielleicht schon am Wochenende anfangen!«

Und ich sagte ja. Wir gingen ins Haus zurück, Hortensia öffnete alle Fensterläden, ich aß früh und reichlich zu Abend, sah danach fern, und schlief anschließend die Drogenreste aus mir heraus, ein langer, tiefer Schlaf wurde es, der bis weit in den nächsten Tag hinein währte.

Und heute schreibe ich sogar wieder.

Habe sogar lange geschrieben, und ausführlich.

Morgen ist Wochenende, und Herbert, Hortensias Gatte, wird also *jardineiro* bei mir, pflanzt Efeu und Knöterich, Holunderbüsche und Ahornbäumchen. Ich weiß nicht, ob er es wirklich gerne tut, aber in diesem Fall mußte er ihr wohl gehorchen.

Samstag.
Heute herrscht trübes Wetter, aber des ungeachtet werkt Hortensias Mann bereits im Garten. Er brachte irgendeinen Freund oder Bekannten mit, der einen Lastwagen besitzt und ihm hilft. In einem Gartencenter haben die beiden am Morgen die Pflanzen und auch Säcke frischer Erde besorgt, alles hierhergeschafft und gleich herumzugraben begonnen. Ich gehe ab und zu hinaus in den Garten, tue Wünsche und Anregungen kund, die Männer sind auf reservierte Weise höflich und arbeiten fleißig. Hortensia ist nur bis zum Mittag geblieben. Widerstrebend lud sie auf meine Bitte hin auch Herbert und seinen Helfer ein, bei ihr in der Küche zu essen. Sie sagt zu ihrem Mann *Erbert*, wie allen Portugiesen fällt es Hortensia auch heute noch schwer, ein H zu bilden. Ich lachte auf und sagte, daß ich es bezaubernd fände, wie Hortensia seinen Namen ausspreche, aber der Mann verzog keine Miene, sah nur kurz und abwehrend zu mir

her. Mir drängte es sich leider auch heute wieder auf, daß er, der gute *Erbert*, Hortensia herablassend behandelt, so, als wäre sie eine Frau, die ihm nicht ebenbürtig ist. Wann immer ich den Mann bislang traf, kam ich nicht umhin, dies verärgert festzustellen. Und es ärgert mich nach wie vor. Nur Hortensia zuliebe bleibe ich ihm gegenüber auf reservierte Weise höflich. Außerdem spüre ich, daß Herbert Glasch (so der Familienname, aber ich höre ihn nicht gern. *Hortensia* – und dann *Glasch!*), also daß dieser die Anwesenheit seiner Frau in meinem Haus mit verhohlenem Argwohn sieht, und das seit je. Ich spüre, daß ich ihm suspekt bin. Ich, alles, was ich lebte, erlebte, und wie ich jetzt lebe. Und daß er es wohl nie leiden mochte, wie sehr Hortensia Anteil an meinem Leben nimmt. Daß sie sich bei mir in einer anderen Welt aufhält als zu Hause bei ihm und den Kindern, in einer Welt, die ihm fremd ist, die er nicht kennt. Ich weiß allzu genau von Eifersüchten dieser Art, immer wieder und in vielfältigsten Konstellationen bekam auch ich sie im Lauf meines langen Lebens zu spüren. Leute meinen, man wolle sich über sie erheben, nur weil man nicht zwischen ihnen weilt. Und daß *Erbert* bis heute offensichtlich auch Hortensia gegenüber den Mund hielt und sich nicht gegen ihre Tätigkeit bei mir auflehnte, liegt wohl an der guten Bezahlung, die sie erhält. Und auch seine derzeitige Arbeit als *jardineiro* übernahm er mit Sicherheit nicht aus Freundlichkeit, sondern aus nämlichem Grund. Hortensia war empört, als ich die Summe nannte, nein, nein, er würde es auch umsonst machen! Aber ich bestand darauf.

Der Himmel hängt sehr tief, aber die Luft ist erstaunlich lau für einen Spätherbsttag. Ich sehe vor meinem Fenster die Blätter leise aus dem Ahorn fallen. Wenn alle Bäume kahl sein werden, wird das Gitterwerk nackter Äste und Zweige rundum mir grausam fehlen. Aber ich darf über diesen Verlust nicht mehr nachdenken, da ich mich entschlossen habe, ihn anzunehmen.

Vincent Keel rief bereits zwei weitere Male an. Er und Hortensia bleiben, mich ein wenig enervierend, bei der Idee, ich müsse unbedingt eine Reise ans Meer machen. Besonders sie drängt mich erstaunlich hartnäckig, es doch bitte zu tun! Gerade diese Jahreszeit sei die gegebene, wenig Touristen, mildes Klima, genau das richtige für mich. Und ich selbst könnte mir stille Meertage rein theoretisch ja auch vorstellen, nur der Gedanke, daß Vincent mich begleiten solle, ist absurd. Was habe ich mit diesem Mann zu schaffen. Angeblich wird Flory absehbar die Klinik verlassen können, dann müssen die zwei wohl oder übel ernsthaft über ihre Ehe nachdenken, finde ich.

Herbert Glasch ruft im Garten nach mir, ich glaube, sie wollen weitere Hinweise, an welcher Stelle ich was gepflanzt zu haben wünsche.

Da bin ich wieder. Ich verteilte also auf gut Glück Ranken, Büsche und Bäumchen. Außerdem könnte Herberts Bekannter, der Karl heißt, mir strecken-weise statt des Zaunes Steinmauern bauen, sagte er, und die würde man dann »wild überwuchern« lassen. Er wisse, woher er alte Steine bekäme, für »schöne unregelmäßige Mauern, wie im Süden früher«. Ich ließ mich der guten Arbeitsmoral wegen auf dieses Fantasie-Gespräch ein, wissend, daß ich *wild überwucherte* Steinmauern um mein Grundstück in meinem Alter nicht mehr erleben würde. Außerdem leuchtete diesem Karl das Be-streben, einer Verrückten ihr Geld aus der Tasche zu locken, zu offensichtlich aus den Augen.

Wäre meine Tochter noch am Leben, wäre das etwas anderes. Sie liebte Italien, sie hätte zu »Mauern, wie im Süden früher« auf ihre heitere Art nicht nein gesagt, und ich hätte das Gefühl haben können, jemand würde diese, wenn ich be-reits tot bin, auch *wild überwuchert* erleben.

Samstag.
(über einen Monat später)
Ein Wintertag, grau, nackt, kalt.

Lange Zeit saß ich nicht mehr am Laptop.

Hinter dem kahlen Ahorngeäst sehe ich die häßlichen Villen und darüber den bleifarbenen Himmel. Schnee wollte nicht fallen, aber Hochnebel lagerte beharrlich über der Stadt, sagte Hortensia. Schon seit Wochen, sagte sie, seit Wochen diese trübe Finsternis, was für eine gute Zeit, nicht hier gewesen zu sein, sondern am Meer, *magnifico* sei mein Entschluß gewesen!

Ich weiß nicht so recht, ob er *magnifico* war.

Auf jeden Fall fasste ich ihn von heute auf morgen. Diese Floskel passt genau, wenn ich bedenke, wie plötzlich und wie unüberlegt ich mich entschloß, zu verreisen. Mit Vincent Keel an die portugiesische Atlantikküste zu reisen.

Vor zwei Tagen kehrten wir zurück.

Und gestern las ich mein Tagebuch. Ich öffnete die Mappe mit den ausgedruckten Seiten, legte mich auf das Sofa und las. Bei der Feststellung schließlich, es wäre *absurd*, mich von Vincent ans Meer begleiten zu lassen, lachte ich schrill auf.

Es ging so schnell. Er kam mit zwei Flugtikkets, die Maschine ginge übermorgen früh, ich solle doch bitte riskieren, meine Höhle zu verlassen. Der Rückflug sei nicht fix gebucht, ich könne ja jederzeit wieder flüchten, wenn's mir nicht gefiele. Und neben ihm stand Hortensia, nickte unaufhörlich und hatte rote Wangen vor Eifer, mich zu überzeugen. Die zwei überrannten mich schlicht und einfach.

Da würden schließlich die zwei Männer im Garten arbeiten, wandte ich ein, ich könne doch jetzt nicht so einfach auf Reisen gehen. Keine Sorge, sie mache das schon weiter mit *Erbert*, meinte Hortensia und strahlte mich an. Ich jedoch blieb verärgert, nein, unmöglich, in solcher Eile könne ich mich nicht entscheiden. »Wir waren nicht einmal verabredet für heute«, sagte ich streng, »und jetzt fächeln Sie mir mit zwei Flugscheinen vor der Nase herum. So geht das nicht.« »Nur so geht es«, gab Vincent zur Antwort, »vor allem bei Ihnen geht es nur so. Wenn Sie jetzt nicht nachgeben und sich auf eine unerwartete Einladung des Lebens einlassen, dann –« »Dann was?!« rief ich ungehalten. »– dann fände ich das sehr schade.« Er hatte sich in dieses harmlose Sätzchen gerettet und lächelte mich an. »Nein, sagen Sie, was Sie sagen wollten!« Ich war wütend geworden und wollte jetzt unbedingt wissen, welche Androhung er da verschluckt hatte. »*Dann was?* Sagen Sie's!« »Also gut. Dann – dann haben Sie hoffnungslos aufgehört zu leben.« Ich sah ihn an und fühlte, daß er recht hatte. Daß ich bereits seit langem aufgehört hatte zu leben. So zu leben, wie er es meinte, also spontan, sich auf Überraschendes einlassend, neugierig, risikobereit und furchtlos. Aber gleichzeitig fragte ich mich, ob ich in dieser Weise überhaupt noch leben *wolle*. Lange genug ließ ich mich immer wieder auf unerwartete Angebote des Lebens ein und stieß mir dabei immer wieder die Seele wund. Auch die Überraschungen der letzten Herbsttage taten mir nicht allzu gut, warum also nicht beim Trott gleichförmigen Dahinlebens bleiben, dachte ich.

Nun liegt dieser Tag, den ich heute beschreibe, über einen Monat zurück. Ich weiß von meinen Einwänden, meinem Unwillen, meinem Mangel an Reiselust. Was ich nicht mehr genau weiß, ist der eigentliche Beweggrund, mich trotzdem darauf einzulassen. Ja, was hat mich schließlich und endlich dazu bewogen, dieser Reise zuzustimmen? Ich weiß es nicht mehr. Aber als Vincent Keel an diesem Nachmittag mein Haus verließ, hatte ich ihm versprochen, daß ich zwei Tage später in aller Herrgottsfrühe mit gepackten Koffern bereit sein

würde, mich von ihm abholen zu lassen. Weiß der
Teufel, wie das zuging.

Hortensia jedenfalls wirkte beglückt. »Sie werden sehen, wie gut das für Sie ist. *Mare atlantico*
gibt Kraft, ich als Kind auf eine Insel, rundherum
nur *mare atlantico*, ich weiß von diese Kraft und
belleza.« Als ich sie jetzt zum wiederholten Mal
fragte, warum *sie* denn nie mehr ihre heimatliche
Azoreninsel aufsuche, sagte sie nur: »Zuviel Zeit
inzwischen«, und begann übergangslos davon zu
sprechen, was an Kleidung sie mir vielleicht noch
waschen oder bügeln müsse. Und ich begann
zu überlegen, ob meine Garderobe ausreichen
würde, mich für einen Meeraufenthalt auszustat-
ten. Mit diesen Gedanken und einer Menge an
Selbstvorwürfen verbrachte ich einen unruhigen
Abend. Tags darauf holte ich meine alten Leder-
koffer vom Dachboden, die ich dort im hinter-
sten Winkel verstaut hatte, in der Gewißheit, ich
würde sie in diesen Leben nie mehr benötigen. Sie
erwiesen sich dann auch als einigermaßen fluggun-
tauglich, ich mußte sie mühsam mit Gurten verschließen und absichern, auf den Förderbändern
ließ das mittlerweile übliche Plastikfluggepäck sie
ebenso als Fossile wirken, wie ich mich auf den
Flugreisen fühlte. Als Fossil, ja.

Aber vorerst verging ja noch ein ganzer Tag in
meinem Haus. Ich war hektisch damit beschäf-

tigt, auszuwählen und einzupacken, überlegte verzweifelt, was ein Mensch nicht vergessen darf, wenn er vorhat, längere Zeit zu verreisen. Mir wurde leicht übel bei diesen Vorbereitungen, und der Schweiß brach mir immer wieder aus. Ohne Hortensias Zuspruch und ihre unerschütterliche Geduld hätte ich wohl das Handtuch geworfen, hätte ich Vincent angerufen und die Reise wieder abgesagt.

Kurz hatte ich überlegt, meinen Laptop mitzunehmen, beschloß dann aber, es nicht zu tun. Nein, keinerlei technisches Gerät, nichts, das mich belastend begleiten würde, lieber nur schauen und wandern und atmen. Wenn schon ans Meer, dann es auch ohne Ablenkung wahrnehmen, sagte ich mir.

Ich kam nicht mehr dazu, meinem Tagebuch eine einzige Zeile hinzuzufügen, ich schloß den Computer und ließ ihn am Tisch vor dem Fenster zurück. Ich hatte Angst, mein Haus zu verlassen. Ich hatte Angst vor der Fremde, die mich erwarten würde. Ich machte nachts kein Auge zu.

Und das geschah *mir*. Mir, die ich ehemals so viel gereist bin. Eigentlich unentwegt auf Reisen war. Die Welt nach allen Richtungen hin überflogen hatte und sogar mühselige Langstreckenflüge mit Routine meistern konnte. Immer wieder mein Aufbruch ins mir Fremde, und ich hatte nicht die geringste Angst davor. Fremde Länder, fremde Städte, fremde Bühnen und Ballettsäle, fremde Menschen, ich nahm es entgegen, mit Neugier und furchtlos. Wohl auch, weil es um etwas Übergeordnetes ging, um die *Company* und um das Tanzen. Weil ich nie nur um meiner selbst willen, also als Tourist unterwegs war. Das alle Fremdheiten verbindende und einigende war der Tanz, war unsere Arbeit, waren die Abende vor Publikum. Sobald die Truppe und ich unsere Zelte aufgeschlagen, das Terrain gesichtet, mit dem Training begonnen hatten, war plötzlich auch nichts mehr fremd. Da waren wir, unser erarbeitetes Werk, unsere Tänzergemeinschaft, und letztendlich waren da vor allem die Menschen vor uns, die zum Publikum wurden und einander deshalb über den Erdball hinweg glichen. Es gab Zustimmung, Kühle, Ablehnung, Begeisterung, es gab alle Variationen menschlichen Reagierens, es gab sie überall auf dieser Welt, wohin es uns auch immer verschlug.

Ich lag schlaflos auf meinem Bett, starrte in das Dunkel um mich und konnte meine Unsicherheit und Furcht vor dieser Reise trotzdem nicht loswerden. Trotz all meiner Erinnerungen. Weil es eben schon so lange zurücklag. So viele Jahre zurücklag. Weil ich nach dem Tod meiner Tochter nicht mehr reisen wollte, es mich nicht mehr interessierte, die Welt kennenzulernen. Weil mir genügte, im Frieden meines Hauses mein Leben ordentlich und ohne Aufruhr zu Ende zu leben. Weil *draußen* – ich nenne es so – sich außerdem so vieles verändert hat, rasend schnell geht das in unseren Tagen. Ich nehme es zwar wahr, maßgeblich durch das nahezu täglich zu mir dringende Fernsehprogramm, möchte jedoch mit den zivilisatorischen Veränderungen der Welt und unserer Gesellschaft selbst nichts mehr zu tun haben. Möchte als der Mensch, der ich geworden bin, auch *die* Umwelt beibehalten, die mich so werden ließ, wie ich bin.

Das wirbelte durch meinen schlaflosen Kopf.

Nach Lissabon würden wir fliegen. *Lissabon*. Die Stadt, in der mir Antonio Neblo zum ersten Mal begegnete, die ich damals gut kannte. Umsteigen müßten wir in Frankfurt. Vom Flughafen Lissabon aus dann ein Mietauto südwärts. Vincent hatte alles organisiert. Und ich wußte nicht, ob ich den fremden Mann an meiner Seite würde ertragen können.

Ja, und jetzt sitze ich wieder vor diesem Bildschirm, vor diesem Fenster, vor dem mittlerweile kahlen Ahorngeäst, vor allem, was ich für eine Weile verließ. Bin wieder in meinem Haus, wurde von Hortensia meines sonnengebräunten Gesichtes wegen gelobt, alles ist seit gestern wieder ausgepackt, kam in die Waschmaschine, zur Reinigung oder an seinen alten Platz zurück. Ich vor allem kam an meinen alten Platz zurück. Ich bin heimgekehrt.

Heute habe ich aufgeschrieben, wie alles verlief, ehe ich losfuhr. Was mich dazu brachte, loszufahren. Oder warum ich mich selbst dazu brachte. Ich habe mich bemüht, es präzise und möglichst genau festzuhalten. Die Reise selbst und die Wochen am Meer werde ich wohl nicht in ähnlicher Genauigkeit beschreiben können – oder wollen. Aber mir selbst zu erzählen, was in dieser Zeit mit mir geschah – das will ich schon. Nur nicht mehr heute. Die Tage sind so kurz, der ohnehin düstere Nachmittag versank bereits in stockdunkle Nacht, obwohl es noch nicht fünf Uhr ist. Wochenendstille herrscht. Ich werde morgen den wohl ebenfalls kalten und trüben Sonntag dazu benützen, weiterzuschreiben. Vincent morgen zu treffen, habe ich abgelehnt. Er wäre gern mit mir in ein Landgasthaus gefahren, um Gänsebraten zu essen und danach ein wenig zu wandern. Nein, nicht munter weiter so. So soll die Sache nicht weitergehen.

Sonntag.
Wie angenommen kaltes Grau. Die Äste und Zweige vor mir scheinen zu frieren, nackt und gekrümmt sehen sie aus. Diese schneelose, lichtlose, farblose Winterlichkeit birgt kein Bild, das erfreuen könnte, nicht nur Menschenwerk, auch das der Natur wirkt häßlich und verbraucht. Nicht ungern halte ich deshalb meinen Blick auf den Bildschirm gesenkt, unter dem Licht der Tischlampe dessen bläulicher Schein, daneben die aufgeschlagene Mappe, der Stapel bedruckter Papierseiten, hier finden meine Augen und mein Gemüt Belebung in einer vertrauten und wärmenden Landschaft.

Also gut. Weiterschreiben. Erzählen. Es mir erzählen.

Es dämmerte noch, als Vincent Keel mich am Morgen mit dem Taxi abholte. Ich war zum Umfallen müde und hasste mich selbst. Meine Begrüßung fiel kurz aus, mein Schweigen während der Fahrt hingegen blieb anhaltend. Dann der Trubel des Flughafens, Menschenschlangen vor den Gates, das mühselige Einchecken, die demütigenden Sicherheitskontrollen, ich ließ mich durch all dies hindurchschieben, ohne ein Wort zu verlieren, weil ich sonst geschrieen hätte. Nachträglich bewundere ich Vincents Haltung. Weder rügte oder bedauerte er mich, er schwieg ebenfalls beharrlich, während er mich mit Umsicht vorwärtslotste. Erst als wir unsere Plätze in der Maschine erreicht hatten, hörte ich seine Stimme wieder. »Wollen Sie ans Fenster, Paulina?« Ich brachte immer noch kein Wort hervor, nickte jedoch ergeben. Er bat mich vorauszuklettern und ließ sich dann selbst aufatmend neben mir in den engen Sitz fallen. Die Seitenlehnen knirschten. »Kein Luxusflug, eher ein Autobus, der fliegt«, sagte Vincent, »in diesen Maschinen gibt's keine *business class* mehr, tut mir leid.« Mir tat jetzt langsam mein mürrisches Benehmen leid. »Mir ist alles recht, wenn wir nur sitzen bleiben und losfliegen dürfen«, sagte ich, »und ich danke Ihnen, daß Sie mich stummes Paket so tapfer bis hierher geschleppt haben.« Er lächelte. »Sie waren aber auch auf tapfere Weise stumm, kein Wort der Anklage ist Ihnen entwischt. Dabei sind Sie früher sicher anders geflogen, VIP, erste Klasse, Champagner und so weiter, hab ich recht?« »Früher ist schon sehr lange her«, sagte ich.

Nun war der Bann gebrochen. Wir flogen erstaunlich pünktlich los und, nachdem wir die Wolkendecke durchstoßen hatten, in einen hohen blauen Morgenhimmel hinauf. Sonnenschein fiel durch die Luke, wir tranken beide Kaffee zu einem matschigen Croissant, in der vollbesetzten Maschine herrschte angeregtes Geplauder und Gelächter. Und auch ich war wieder bereit, mich auf Gespräche einzulassen, die Lähmung der schlaflosen Nacht und des frühen Aufstehens schien von mir gewichen, sogar ein Anflug von Reiselust überkam mich. Ich konnte Vincent ansehen, daß ihn das freute. »Glauben Sie mir, wir haben eine schöne Zeit vor uns«, sagte er, »eine, die Ihnen guttun wird.« Sein Wort in Gottes Ohr, dachte ich, lächelte ihn kurz an und schwieg dann. Da lehnte auch er sich schweigend zurück, etwas hatte uns beide zum Verstummen gebracht. Aber es gab die golden hochsteigende Sonnenkugel, eine schimmernde Wolkendecke unter uns, den ruhigen Flug, und wie stets bei solchen Gegebenheiten überkam mich eine Art Hochgefühl. Ich kenne es von früher. Bei unseren Flugreisen, wenn das Wetter gut war, es keine Turbulenzen gab, die Maschine gleichmäßig einen klaren Himmel durchquerte, die Erdoberfläche unter uns vorbeizog, da meinte auch ich manchmal mein Leben, unser Dasein, ja, das Menschsein an sich, mit einer mir sonst nicht zur Verfügung stehenden geistigen Klarheit überschauen zu können. Es gab Flüge, die einer Meditation, ja einem Gotteserlebnis glichen.

Ich wandte mich Vincent zu und erzählte ihm

davon, leicht spöttisch, als erzählte ich ihm von einer Jugendtorheit. Aber er blieb ernst. »Grade vorhin sah ich an Ihnen vorbei in die Weite des Himmels hinaus und hatte genau diesen Eindruck. Dieses Gefühl. Ich wußte plötzlich so genau, worum es geht. Es war eine Art Erleuchtung.« Wir sahen uns an, und ich wußte von diesem Augenblick an, daß ich in Gefahr war. Aber Vincent war es, der meine Befangenheit wieder auflöste. »Sehen Sie meinen Heiligenschein?« fragte er. »Ja, er steht Ihnen prima«, antwortete ich. Außerdem ertönte jetzt die Stimme der Stewardeß, wir seien bereits auf dem Sinkflug, würden uns Frankfurt nähern, es gebe zur Zeit keinen Stau über dem Flughafen, das Flugzeug setze bald zur Landung an.

Das Umsteigen in die Lissabon-Maschine verlief ebenfalls reibungslos. »Wenn Engel reisen!« rief Vincent aus, als das Flugzeug abhob und uns in den Himmel hochriß. Die Passagiere rundum lächelten. Ich möge ihm verzeihen, fügte er leiser hinzu, aber über dem Frankfurter Flughafen derart unkompliziert weiterzukommen, gleiche heutzutage einem Wunder. »Weiß Gott, ja«, murmelte ein Herr, der neben uns saß. Und nachdem also die Engel und sogar Gott selbst bemüht worden waren, diesen Flug zu loben, wurde er auch besonders schön. Dem Süden zu verloren sich die

Wolken, unverhüllt und klar dehnte sich die Erdoberfläche aus. Ich hatte wieder den Fensterplatz
erhalten und schaute unentwegt aus der Luke,
wie ein Kind betrachtete ich die Welt unter mir.
So lange war ich nicht mehr geflogen, ich erlebte
es wie zum ersten Mal. Erlebte alles, was ich sah,
mit kindlicher Bewunderung. Gebirgszüge, deren
Gipfel verschneit waren. Irgendwann die blit-
zende Meerfläche am Golf von Biskaya. Schließlich das Überqueren der Pyrenäen und dann die
Iberische Halbinsel unter uns. Das ockerfarbene
Spanien mit den blauen Rauten seiner gestauten
Flüsse. Portugal überraschend grün, es mußte
dort viel geregnet haben in letzter Zeit. Nur das
Tablett mit plastikverpacktem Essen lenkte mich
kurz davon ab, hinauszuschauen. Vincent bestellte
ein Fläschchen Wein, was meine Stimmung noch
mehr hob. Er überließ mich ansonsten gänzlich
meinem unermüdlichen Ausschauhalten, nur ab
und zu nahm ich wahr, daß er mir versonnen dabei
zusah.

Beim Landeanflug überquerten wir vorerst die
weite Wasserfläche der Tejo-Mündung, sahen dann
die den Fluß überspannende Brücke und an deren
Ende, der Statue von Rio verkleinert nachemp-
funden, den Christus mit ausgebreiteten Armen
unter uns vorbeiziehen, und anschließend das
Häusermeer von Lissabon. Wie groß war die Stadt

geworden! Ich hatte früher bei jeder Landung ebenfalls aus der Luke gesehen, aber die heutigen Bilder aus der Tiefe waren nicht mehr dieselben. Nur die Altstadt, an den blauen Tejo geschmiegt, mit ihren Hügeln, Kirchen und Kuppeln, hatte noch ein wenig mit der »weißen Stadt« von ehemals zu tun. »Sie waren oft in Lissabon?« fragte Vincent, der mein Hinunterstarren beobachtet hatte. »Ja, aber vor endlos langer Zeit«, sagte ich, »schon, was ich nur von hier oben sehe, zeigt mir eine Menge betrüblicher Veränderungen.« »Tja, das geht immer schneller in unseren Tagen«, erwiderte er, »eine Weile irgendwo nicht mehr gewesen zu sein, bedeutet vom Gewesenen kaum noch etwas vorzufinden.« »Traurig.« »Nicht nur. Andererseits muß sich ja alles verändern.« »Aber warum muß alles so unaufhaltsam häßlicher werden?« »Es gibt vielleicht verschiedenartige Einschätzungen im Hinblick auf Schönheit.« »Nicht für mich.« »Und nur Ihr eigenes Urteil zählt für Sie?« »Natürlich. Nur meine Augen nehmen das wahr, was ich sehe, also gelten für mich auch nur meine Wahrheiten.« »Ist das nicht ein sehr egoistischer Standpunkt?« »Mag sein. Ich hebe mir meinen Altruismus eben für andere Aspekte auf.« »Für welche, wenn ich fragen darf?« »Für die, die mit menschlichem Erleben zu tun haben, und nicht mit unmenschlicher Zivilisation.« »Es gibt

Menschen, die diese unmenschlich gewordene Zivilisation aber gern erleben!« »Das glauben die Menschen nur, weil man es ihnen einredet.« »Sie sind völlig unbelehrbar, Paulina!« »Nicht nur, mein Lieber. Aber andererseits geht es manchmal nur so.« »Für wen?« »Für *mich*, Vincent, für *mich*! Und nur was für mich geht, kann und will ich anderen zumuten!« Das Flugzeug schaukelte plötzlich und ich hielt mich krampfhaft an den Seitenlehnen fest. »Wissen Sie was, Vincent, verschieben wir unsere Diskussion über Egoismus und Altruismus auf später.« Er lachte. »Keine Angst, Paulina, das sind nur die üblichen Aufwinde in Meernähe, wir sind gleich unten. Und wo ich Sie heute noch hin-bringe, wird es zwar zivilisiert, jedoch nicht un-menschlich zugehen.« Ich gab ihm keine Antwort mehr, auch er schwieg jetzt, und die Maschine schwankte wie wild dem Rollfeld entgegen. Kurz davor fing sie sich jedoch wieder und setzte er-staunlich ruhig auf. Wir waren gelandet.

Ich habe versucht, mir diesen Dialog möglichst genau ins Gedächtnis zurückzurufen und aufzu-schreiben. Er hatte mich zum Nachdenken ge-zwungen. Und er leitete die Gespräche ein, die wir danach durch Wochen führen sollten.

Ich höre auf für heute. Draußen herrscht Dun-kelheit, nur in der Ferne, hinter dem Ahorngeäst,

sehe ich Licht aus irgendwelchen Fenstern. Ich
habe Hunger und werde mir ein Abendbrot zu-
sammensuchen.

Montag.
Anrufe heute. Plötzliche und viel zu viele Anrufe.
Maxime meinte, er sei bereits mehrmals wegen
der Ballettbesprechungen hier gewesen und hätte
mich nie erreicht, ob wir uns nicht treffen könn-
ten. Beim nächsten Mal, bat ich ihn, ich hätte eine
lange Reise hinter mir und müsse ausatmen. »Tu's
doch mit mir gemeinsam!« meinte er, ich zwang
mich zu lachen und legte auf. Sogar Sarah Ledig
meldete sich heute, ob ich mit ihr ins Kino gehen
wolle, *Lost in translation* würde wieder laufen, der
Film hätte uns doch beiden so gut gefallen, sie sehe
ihn sich nochmals an. Ihr sagte ich verlogen, daß
ich erkältet sei. Eine Fernsehjournalistin fragte an,
ob ich anläßlich eines kommenden Tanz-Festivals,
als hochgerühmte *Veteranin des Tanzes*, wie ich einmal genannt worden sei, den jungen Tänzern von
heute nicht ein paar Worte sagen wolle? Wolle ich
nicht, gab ich zur Antwort, ich könne Veteranen
an und für sich und in keinem Bereich gut leiden,

sei also ungern in dieser Weise eingestuft. Als die Frau betreten weitersprechen wollte, grüßte ich höflich und legte auf.

Aber am unangenehmsten war, daß Flory anrief. Sie jammerte nicht, beklagte sich nicht und war allzu liebenswürdig, es klang unehrlich. Endlich sei sie wieder »freigelassen«, habe einen Klinikaufenthalt erfolgreich absolviert, sie würde mich gern wiedersehen, wo ich denn so lange gewesen sei? »Verreist«, sagte ich nur, jetzt müsse ich erst einmal wieder hier heimisch werden, ich würde mich melden. »Wohin verreist?« fragte sie. »Auf Kur«, log ich. Nichts anderes fiel mir ein. Mir war übel, als ich auflegte.

Weiß sie von nichts? Hat Vincent je mit ihr gesprochen? Womit hat *er* denn seine Abwesenheit begründet? Haben die zwei sich nun getrennt, wie er angekündigt hatte, oder nicht? All diese Fragen überfielen mich mit Wucht und lasten jetzt auf mir. Wir haben in diesen Wochen kein Wort über Flory verloren. Vincent erwähnte sie nicht mehr und ich fragte nicht mehr nach ihr.

Außerdem habe ich Schmerzen. Seit heute Nacht sitzt mir etwas in den Knochen, mein ganzer Körper tut weh. Ich bewege mich langsam und fühle mich uralt. Hortensia sah es und meinte, ich solle ein Kräuterbad nehmen, sie habe mir doch vor einiger Zeit eine köstliche Kräutermischung mitgebracht, eine, die auch ihre Mutter immer zubereitet und darauf geschworen habe, als Kind auf der Insel sei sie immer darin gebadet worden. Ich tat Hortensia den Gefallen und schüttete die getrockneten Blüten ins heiße Wasser, ehe ich in die Badewanne stieg. Aber das Alter läßt sich mit Kräuterbädern nicht vertreiben.

Dienstag.

Mir ist gestern plötzlich die Lust vergangen, weiterzuschreiben. Wohl auch, weil Florys Anruf mich durcheinandergebracht hat. Die Fragen, die ich mir stellte, wollten kein Ende nehmen. Ist sie ahnungslos? Oder benahm sie sich aus Hinterlist so, als wüßte sie von nichts? War Vincent feige und log er, oder hat er sich von ihr getrennt und sie will es nicht wahrhaben? Vielleicht ist er einfach abgehauen und hat ihr nichts davon gesagt? Warum aber hat sie sich dann nicht bei mir darüber beklagt? Hat er einen anderen Grund für seine Reise angegeben? Wohnt er nach wie vor bei ihr? Da sie sich nicht mehr in der Klinik befindet, wie und wo befindet sich dieses Paar zur Zeit? Warum sprach Flory nicht mit mir darüber?

Gleichzeitig gingen mir all diese Fragen maßlos auf die Nerven, sie klangen in meinen eigenen Ohren ekelhaft nach Liebschaft, Betrug, Kränkung, nach diesen ewigen Beziehungsquerelen, mit denen ich für dieses Leben endgültig abgeschlossen habe. Und die zwischen Vincent und mir nichts zu suchen haben. Aber warum zum Teufel kann ich dann diese Fragen nicht aus dem Sinn bekommen?

Das Telefon läutete gegen Abend noch zweimal, und ich hob nicht ab. Obwohl ich ziemlich sicher war, daß Vincent anrief, hob ich nicht ab. Seit wir zurück sind, traf ich ihn nicht mehr. Und das ist gut so.

Ich muß mir jetzt diese Reise weiter ins Gedächtnis zurückrufen, weil ich wissen will, was sie mir eigentlich bedeutet hat. Vielleicht schaffe ich es weniger detailgenau, in gröberen Umrissen, also kürzer und schneller. Vielleicht schaffe ich das, obwohl ich mittlerweile von mir weiß, wie gern ich mich ausführlich an Gesagtes und Geschehenes erinnere. Seit ich *aufschreibe*, weiß ich das. Aber sei's drum.

Der Lissabonner Flughafen lag unter einem unvergleichlich blauen Himmel. Man hatte mir bei früheren Besuchen Portugals immer wieder versichert, das portugiesische Himmelsblau sei ohne

Vergleich, sei in einer Weise blau wie nirgendwo anders, und ich konnte das nur bestätigen. Aber als ich nach der windbewegten Landung mit Vincent das Flugzeug verließ, nahm ich diese Bläue nur kurz wahr, denn wir hatten im Flughafengebäude längere Zeit damit zu tun, unser vorausbestelltes Mietauto auch zu erhalten. Das portugiesische Chaos und die damit verbundene Umständlichkeit ist und bleibt ebenfalls unvergleichlich. Als wir endlich losfahren konnten, war es Abend geworden, der Himmel golden, und die sinkende Sonne näherte sich einem lilafarbenen Horizont. Der Straßenverkehr tobte, und obwohl wir das Stadtinnere umfuhren, dauerte es, bis wir die große Brücke erreichten. Als wir den Tejo schließlich überquerten, entriß der Blick zur meerweiten Mündung hin mir ein kindliches »Wie schön!«, denn die Sonne versank glühend in der schimmernden Wasserfläche. »Entschuldigung«, murmelte ich gleich darauf. »Bitte nicht«, sagte Vincent, der am Steuer saß und konzentriert nach vorne sah, »bitte keine Entschuldigungen, wenn etwas Schönes Sie überwältigt. Ich hoffe, daß das in nächster Zeit noch häufig der Fall sein wird, und schrecklich wäre, Sie würden sich dauernd entschuldigen.« »Gut, ich lasse es ab nun«, sagte ich, und wir fuhren schweigend weiter. Es begann zu dämmern. »Wohin bringen Sie mich?«

fragte ich irgendwann, als ich anfallsartig müde zu werden begann. »In ein Hotel, das nicht weit entfernt vom Atlantik liegt und ein bißchen altmodisch ist. Aber auch nobel! Und sehr menschlich!«
»Fein. Ich freue mich nämlich auf ein gutes Bett.«
»Nur noch zwei Stunden, dann sind wir dort«, sagte Vincent, und ich sah, daß er mich dabei mit einem kurzen Blick musterte. »Keine Sorge, die alte Dame neben Ihnen kippt nicht demnächst um«, sagte ich. »Sein Sie nicht blöd!« erwiderte er barsch. Die Ansiedlungen und baumbestandenen, flachen Bodenwellen zu beiden Seiten der Autobahn versanken mehr und mehr in nächtlicher Dunkelheit und ich schließlich in einen lähmenden Schlummer. Sicher wackelt mein Kopf hin und her, dachte ich zwischendurch, oder vielleicht schnarche ich, aber ich war zu müde, mich dagegen zu wehren. Trotzdem bekam ich mit, daß Vincent von der Autobahn abfuhr, und ich fühlte anschließend an seiner Fahrweise, daß wir auf kleineren Straßen unterwegs waren. Ab und zu streifte uns der Lichtschein eines ländlichen Hauses.

Ich schlief fest, als ich am Arm gerüttelt wurde. »Paulina!« Vincents Stimme drang in mein Erwachen, »Paulina, wir sind hier!« Als ich die Augen öffnete, sah ich sein Gesicht nah dem meinen, und hinter ihm drang Helligkeit aus einer geöffneten

Flügeltür. Er lächelte mich an. »Gehen Sie nur voraus, ich parke das Auto und bringe dann die Koffer hinein.« Ich mußte mich aus der Schwere des Schlafes lösen, und außerdem hatte ich gerade von Hunden geträumt, die an einem Strand entlang liefen. »Gibt es hier Hunde?« fragte ich, als ich mich hochrappelte und aus dem Auto kroch. »Wieso?« fragte Vincent verblüfft. »Nur so«, murmelte ich. Sicher wirkte ich verwirrt. Meine grauen Haare verstrubbelt, das Gesicht ebenfalls grau und vom Schlaf zerknittert, mir war klar, was Vincent vor sich sah, als ich schließlich vor ihm stand, und was er während der Fahrt gesehen hatte, als ich haltlos neben ihm eingeschlafen war. Aber ich war zu erschöpft, mir diese Peinlichkeiten nahegehen zu lassen, ich sehnte mich nur nach einem Zimmer und einem Bett. Also wandte ich mich dem Eingang des Hotels zu, stieg einige Stufen hoch und gelangte in einen hohen, feierlichen Raum mit Säulen und Rundbögen. Es roch nach Bohnerwachs, der rote Fliesenboden glänzte. Hinter der Rezeption, die einem Altartisch ähnelte, saß ein schläfriger alter Mann, der sich mühsam erhob, als er meiner ansichtig wurde. Ich deutete zur Tür, um zu signalisieren, daß ein mich begleitender Mensch erscheinen und die Modalitäten übernehmen würde. Der alte Mann verstand und nickte müde. Ich schlenderte durch den Empfangssaal, *Foyer* dazu zu sagen, erschien mir unpassend, so würdevoll pompös war die Ausstattung. »Ist das ein Schloß?« fragte ich, als Vincent schwerbeladen hereinstolperte und keuchend unser Gepäck bei der Rezeption abstellte. »Das war ein herrschaftliches Damenstift, eine Art Kloster, in dem man reiche unverheiratete Töchter untergebracht hat«, erklärte er, »die Portugiesen haben bei ihren konservativen Luxushotels ein Faible für altes Gemäuer. Sie werden aber sehen, die Zimmer sind sehr gemütlich.« Dann sprach er mit dem alten Mann, und zu meinem Erstaunen sprach er fließend portugiesisch. Des längeren wurde hin und her argumentiert, bis Vincent schließlich zwei mit Messingschildern beschwerte Schlüssel an sich nahm. »Wir bekämen noch eine Kleinigkeit zu essen, wenn wir wollen«, sagte er, als er wieder nach dem Gepäck griff. Ich half ihm diesmal, und wir schleppten gemeinsam die Koffer und Taschen zum Lift. »Essen? Jetzt? Es wirkt alles so nächtlich ausgestorben«, sagte ich. »Der Alte würde uns etwas aus der Küche holen«, meinte Vincent.

Unsere Zimmer lagen nebeneinander, und das meine war tatsächlich sehr gemütlich. Mit antikem Mobiliar und gleichzeitig allen Bequemlichkeiten unserer Tage ausgestattet, einem riesigen Bett, einem luxuriösen Badezimmer und einem Fernsehapparat mit Flachbildschirm. Ich ließ mich in den Lehnsessel fallen und starrte vor mich hin, als geklopft wurde.

»Ja?« sagte ich mit Blick zur Tür. Doch dann hörte ich neben mir das Niederdrücken einer Klinke und Vincent betrat von seinem Zimmer her das meine. Es gab also eine schmale Verbindungstür, die ich nicht gleich wahrgenommen hatte, und das gefiel mir nicht. Aber ehe ich dazukam, Unmut zu äußern, sagte Vincent: »Ich glaube, Sie möchten das eher nicht, stimmt's? Ich lasse zusperren. Jetzt aber nur nochmals die Frage, ob Sie was essen wollen.«

Ich war hungrig und sagte ja. Gut, dann solle ich hinunterkommen, sobald ich mich erfrischt hätte. Als er verschwand, hörte ich das mehrmalige Umdrehen des Schlüssels. Ich packte flüchtig aus, ging ins Bad, wusch mir die Hände, kämmte mich und versuchte mein müdes, blasses Gesicht nicht näher anzusehen. Als ich in die Halle hinunterkam, wies mir der alte Mann mit feierlicher Gebärde den Weg zum Restaurant. Tagsüber herrschte hier wohl Betrieb, aber jetzt war nur ein Tisch gedeckt. Vincent saß vor Tellern mit Wurst, Schinken und Käse und hob freudig eine Rotweinflasche, als er meiner ansichtig wurde. »Sie wollen schon, oder?« rief er. Ich nickte, und er füllte die Gläser, als ich mich setzte.

Ja, und dann aßen und tranken wir, meine

Müdigkeit verflog plötzlich, und es begann dieses Gespräch, wie ich es mit ihm schon zuvor erlebt hatte, und das wir in den folgenden Wochen immer wieder fortsetzen sollten. Nichts qualitativ Besonderes sprachen wir, es war kein intellektuell herausfordernder Austausch, zumindest nicht ständig, aber wir *sprachen*. Wir sprachen, ohne zu diskutieren, also Positionen zu beziehen und zu verteidigen. Manchmal gab es Witz, heiteren Angriff oder humorvollen Widerspruch. Manchmal ließen wir Dunkelheit und Bedrückung zu. Aber bei der Wahl unserer Themen, der Einstellung zu Lebensfragen, bei politischen Einschätzungen und auch Empörungen, oder auch bei der Wahrnehmung und Beurteilung künstlerischer Hervorbringungen erlebte ich sehr bald und immer wieder eine ungewöhnliche Übereinstimmung. Nur mit Neblo war ich in dieser Weise *einer Meinung* gewesen, ohne meine Meinung je der seinen anpassen zu müssen. Und jetzt geschah mir dies nochmals mit diesem um vieles jüngeren Menschen. Seine Jugend, mein Alter, und dennoch diese Einhelligkeit, es erstaunte mich. Und noch größer war mein Erstaunen darüber, daß ich überhaupt noch Gespräche führen, mich austauschen *wollte*! Plötzlich sprach ich wie ein Buch mit diesem mir fremden jüngeren Mann, und die Gespräche *interessierten* mich!

Schon an diesem ersten Abend, als ich spät mein Zimmer aufsuchte, ein Bad nahm und mich bald darauf mit einem Wohlgefühl in das große, frisch duftende Bett legte, schüttelte ich den Kopf über mich selbst. Hätte ich das von mir noch erwartet? So viel Lebensinteresse? Trotz meines erloschen geglaubten Lebensantriebes?

Eben kam blasse Wintersonne hervor, sie läßt das nackte Ahorngeäst vor mir glänzen. Ich muß ein wenig hinaus an die frische Luft, ehe es wieder dunkel wird, auch um meine immer noch schmerzenden Knochen zu bewegen. Ich versuche meinem verbrauchten Körper mit Bewegung beizukommen, da er doch, als ich tanzte, in Bewegung bleiben mußte. Ob er wollte oder nicht, ich zwang ihn dazu. Also darf er es sich in meinen alten Tagen nicht allzu bequem machen, denke ich, er verfällt sonst. Deshalb jetzt eine kleine Wanderung, und dann erst mein frühes Nachtmahl und das Fernsehen. So wird's gemacht, Paulina.

Au!! Tut mir das Kreuz weh, wenn ich aufstehen will! Das wird immer ärger. Nichts wie raus also. In den warmen Mantel, Stiefel anziehen, eine Wollmütze auf, und raus!

Mittwoch.

Hortensia hat mich heute gefragt, was ich zu Weihnachten unternehmen will. Jedes Jahr fragt sie mich das, wenn dieses Fest sich zu nähern beginnt, und jedes Jahr sage ich: »Hortensia, Sie wissen doch, daß ich *nichts* unternehme.« Jedesmal schüttelt sie dann traurig den Kopf, und ich muß hinzufügen: »Weihnachten bedeutet mir nichts, und auch wenn Sie es nicht verstehen, Hortensia, glauben Sie mir wenigstens!«

Ja, der Winter rückt vor, mein Spaziergang gestern in der kalten Sonne ließ mich völlig ausgefroren zurückkehren, und heute schneit es. Da dachte Hortensia wohl sofort an Weihnachten. Und vielleicht auch deshalb, weil sie mich mit Vincent telefonieren hörte. Sie deckte gerade den Mittagstisch, als er anrief und ich abhob. Da ich ihr mit einer Geste zu verstehen gab, daß sie ruhig im Zimmer bleiben könne, bekam sie mit, daß ich mich mit ihm für morgen verabredete. Deshalb wohl sofort ihre spürbare Hoffnung, er wäre mir ein möglicher Gesellschafter für den Weihnachtsabend. Sie nimmt wie die meisten Menschen an, daß der Verlust meiner Tochter und Neblos mir zu solcher Gelegenheit besonders bewußt und schmerzhaft würde, daß man mich deshalb nicht

188

mir selbst überlassen sollte. Sogar zu ihnen nach Hause lud sie mich immer wieder ein, in den Kreis ihrer Familie, zu Mann und Kindern, es sei bescheiden bei ihnen, aber viel gutes Essen und Trinken, das könne ich ihr glauben! Ich *würde* es ihr glauben, und wie! betonte ich immer, wüßte ich doch, was an Köstlichkeiten ihre Kochkunst zustande bringe! Aber ich bliebe gern allein, kein Datum, kein Fest, weder Weihnachten noch Silvester würde mich trauriger stimmen, als ich es zu jeder anderen Zeit nicht auch sein könne. Freundlich sagte ich jedes Mal ab, und ohne ihr zu verstehen zu geben, wie sicher ich sei, daß meine Anwesenheit am Weihnachtsabend ihren *Erbert* keineswegs erfreuen würde, und die seine zweifellos mich nicht.

Aber auch mit Vincent werde ich das Weihnachtsfest nicht begehen. Er fährt mit Flory zum Schifahren. Das sagte er mir heute. Es hätte sich überraschend so ergeben und sei eine gute Gelegenheit für ihn, sich mit ihr endlich voll und ganz auszusprechen. »Wußte sie von unserer Reise?« konnte ich mich nicht enthalten zu fragen. »Sie wußte nur, daß ich auf längere Zeit verreisen würde«, sagte er, »ich teilte es ihr mit, als sie noch in der Klinik war, und sie stellte erstaunlicherweise keine näheren Fragen.« Ich konnte gerade noch verhindern, in spitzem Ton »Wie bequem!«

zu antworten. Ich hätte es gern gesagt, es lag mir bereits auf der Zunge. Statt dessen stimmte ich zu, daß er morgen nachmittag »auf ein Stündchen« zu mir käme. Hoheitsvoll und freundlich stimmte ich zu, um mir selbst das Gegenteil meines ersten bissigen Impulses zu beweisen. Diese spitzen, gekränkten Frauenworte, wie ich sie hasse. Wie in früheren Jahren, ich würde sagen: in den Jahren vor Neblo, ich mich selbst sie immer wieder sagen hörte, und wie ich mich selbst dafür haßte. Nur ja nicht auf Vincent in dieser Weise reagieren, Paulina! Nur weil dieser Mensch dir ein paar Wochen lang auf ungewöhnliche Art nähergekommen ist. Er braucht sich wegen allem, was Flory betrifft, doch nicht vor dir zu rechtfertigen. Und du erspare dir und deiner Würde kleinliche weibliche Reaktionen. Schreibe lieber auf, was in dieser Zeit am Meer *dir* so naheging, daß es dich gefährden konnte, törichte Reaktionen unterdrücken zu müssen. Komm, schreibe weiter.

Ich hatte nachts noch vorsorglich die Jalousien geschlossen, und da der Anreisetag mich denn doch sehr ermüdet hatte, schlief ich im abgedunkelten Hotelzimmer länger als erwartet und sehr gut. Als ich gegen zehn Uhr aufstand und die Fenster öffnete, warf das blendende Licht mich nahezu um. Wieder strahlte der wolkenlose Himmel in diesem berühmten Blau, und die Morgensonne fiel in mein Zimmer. Ich sah in einen Garten hinaus, der von Orangenbäumen und Rosenhecken erfüllt war. Um ihn herum schienen dazumal die Räumlichkeiten der reichen Stiftsdamen angeordnet gewesen zu sein, jetzt waren es die Hotelgäste, die auf ihn hinausblicken konnten. Ich bestellte das Frühstück auf mein Zimmer. Irgendwann rief Vincent an und fragte, wie es mir ergehe, ob ich wohlauf sei und bereit, ans Meer zu fahren? Und ich war bereit.

In den Wochen, die folgten, regnete es zwischendurch immer wieder, manchmal mußte ich im Zimmer die Heizung andrehen, das atlantische Klima und der späte Herbst steckten voll witterungsmäßiger Kapriolen. Aber dieser erste Tag schien mich mit aller ihm nur möglichen Pracht begrüßen zu wollen. Ich sah jetzt die in helle Sonne getauchte Straße vor dem Hotel, sah die niederen, weißgetünchten Häuser, deren Dachgesimse und Fensterumrahmungen ockerfarben oder leuchtend blau bemalt waren, sah all das, was ich nachts nicht mehr mitbekommen hatte. Wir bestiegen das Auto und verließen die kleine, verschlafen wirkende Stadt. »Wie aus der Zeit gefallen ist es hier, nicht wahr?« sagte Vincent, »trotz des Fünfsternehotels hat dieser Ort sich seine Geruhsamkeit bewahrt, ich komme deshalb gern hierher.« »Seit wann kennen Sie ihn?« fragte ich. »Seit einigen Jahren«, sagte er. »Die Vorträge bei einem Zahnärztekongreß in Lissabon waren wieder einmal unsäglich langweilig, ich habe mir einen Tag frei genommen, ein Auto gemietet und so dieses Städtchen und das Hotel entdeckt. Später dann – war ich einige Male allein hier, wenn ich flüchten mußte.« Er sah zu mir her und mir war klar, was er meinte. »Können Sie seither so gut portugiesisch?« fragte ich, »ich habe Sie nachts deshalb bewundert.« »Ich wollte die Sprache unbedingt lernen, ja«, sagte er, »und ich lerne schnell.« »Beneidenswert«, sagte ich, »ich bin in Fremdsprachen ein Volltrottel. Trotz meiner vielen Auslandsreisen sprach und spreche ich nur sehr holprig Englisch, um mich durchzuschlagen. Sogar Spanisch habe ich nie wirklich gut gelernt, trotz meines spanischen Ehemannes. Ich bin eindeutig sprachen-unbegabt.« »Jeder hat eben seine Begabungen«, sagte er. Ähnlich wie bei unserem Gespräch über das Kochen ließ er sich auf die Beurteilung von Fähigkeiten schlicht nicht ein. Und wieder gefiel mir diese seine Art.

Nachdem wir auf schmalen Alleen eine Weile gemächlich dahingefahren waren, zweigte meerwärts ein sandiger Fahrweg ab, den Vincent offensichtlich kannte. Ohne zu zögern, verließ er die Straße und schlug ihn ein. Ginsterbüsche streiften das Auto, und der Duft nach Eukalyptus und Wacholder drang aus den Waldungen, durch die wir fuhren. Der Boden unter den Bäumen und Büschen war ebenfalls sandig, und der Himmel vor uns schien von einer noch heftigeren Bläue erfüllt zu sein. Schließlich blieb die Vegetation mehr und mehr hinter uns zurück. Es war eine andere, eine von Wasser und Weite getränkte Luft, der wir entgegenfuhren, ich sog sie ein. Immer tiefer wurde der Sand auf dem Fahrweg, Vincent zwang das schlingernde Auto vorwärts. Als sich plötzlich eine Bodenwelle vor uns erhob, gelang es ihm, mit aufröhrendem Motor deren höchsten Punkt zu erreichen. Er hielt das Auto an, und mir stockte der Atem. Wir befanden uns auf einer mächtigen, den Strand säumenden Düne, und der Atlantische Ozean lag vor uns.

Wie kann ich jetzt, hier, das trübe, abendliche Winterfenster vor Augen, den Glanz beschreiben, der mich dort überfiel. Als Vincent den Motor abstellte, hörten wir nur noch das gewaltige, alles beherrschende Meeresrauschen. Wir stiegen schweigend aus. Der breite Sandstrand verlor sich zu beiden Seiten hin im Dunst der Endlosigkeit, und keine Menschenseele war zu sehen. Eine Holztreppe führte von den Dünen abwärts. Und was auf uns zurollte, kam ebenfalls aus der endlosen Weite eines fernen Horizonts, in allen Schattierungen von Blau und Silber lag es vor uns. Das Meer. Der Atlantik. Die herrliche Wildheit des Ozeans.

Allein dieser Augenblick machte es mir wert, auf diese Reise gegangen zu sein. Noch einmal in meinem Leben vor Augen zu haben, was Leben bedeutet. Leben fernab menschlichen Erlebens. Leben als universelle Gegebenheit, in der der Mensch sich auflöst und erlöst. Ja, ich empfand Erlösung.

Donnerstag.
Nachts schlief ich wie eine Tote. Heute frage ich mich, ob es sinnvoll ist, die Zeit in Portugal näher und detailliert zu beschreiben. Die Tage hatten ein ruhiges Gleichmaß. Bei jedem Wetter fuhren wir wieder an denselben entlegenen und menschenleeren Strand und wanderten zwei, drei Stunden am Ufer entlang, bei Sonne oft barfuß, bei Regen mit Gummistiefeln. Danach war ich müde und ruhte mich in meinem Zimmer aus, manchmal, bei besonders trübem Wetter, schlief ich sogar fest. Einige Nachmittage aber waren so schön, daß ich auf der Hotelterrasse im Liegestuhl schlum-

mern konnte, unter einer Wolldecke, die warme Sonne auf dem Gesicht. Oder ich las. Oder ich schaute nur vor mich hin, sah die Veränderungen des Himmels, Vögel, die durch ihn hindurchflogen, oder bei Schlechtwetter die gemalten Rauten auf der Zimmerdecke über mir. In träger Beschaulichkeit erwartete ich den Abend, aber trotzdem war dieses Erwarten von einer seltsamen inneren Spannung begleitet. Bis ich nach einigen Tagen plötzlich erkannte, daß das *Freude* war. Vor-Freude. Und diese Erkenntnis beunruhigte mich. Ja, ich freute mich auf Vincent. Darauf, daß wir meerluftgesättigt und ausgeruht zum Abendessen wieder zusammentreffen würden. Ich freute mich auf dieses tägliche Beisammensitzen am gedeckten Tisch, auf unsere Gespräche, auf den gemeinsamen Genuß des sehr guten Essens im Hotel, auf den exzellenten Rotwein, den wir beide tranken, und auf die Eintracht und Lebendigkeit, die zwischen uns herrschte. Nach kurzer Zeit in Licht, Wind, Sonne und Luft hatte mein fahles Gesicht ein wenig an Farbe gewonnen. Ich schminkte mich, ehe ich zu Tisch ging, und mir fiel auf, daß ich jeden Tag sorgfältig erwog, was ich abends anziehen würde. Aber auch diese Erwägungen beunruhigten mich. Mehr und mehr wurde mir klar, daß ich dabei war, mich in gewisser Weise — ja, zu verlieben. Diese Ungeheuerlichkeit wahrzu-

195

nehmen verwirrte mich einerseits, andererseits versuchte ich, sie nicht ernst zu nehmen und mich selbst auszulachen. »Blöde alte Kuh«, sagte ich laut vor dem Badezimmerspiegel und schnitt eine Grimasse. Und das, nachdem ich mich zuvor bemüht hatte, mit der Kunst intensiven, aber trotzdem unauffälligen Schminkens das Möglichste an gutem Aussehen in mein Gesicht zu zaubern. Da ich diese Kunst nach jahrzehntelangem Bühnenleben bis heute beherrsche, schien es mir auch zu gelingen. Vincent fand an jedem Abend, ich sähe »noch schöner und erholter« aus. Er bewunderte mich in einer Weise, die bald nicht mehr einer alten Frau zu gelten schien. Und bald fühlte ich mich auch nicht mehr so. Ich fühlte mich verjüngt, beschwingt und fröhlich wie seit langem nicht mehr. Die Gegenwart schien mich als eine einzige Annehmlichkeit zu umschließen, weder dachte ich voraus noch zurück. Die Tage unterschieden sich kaum voneinander, denn jeder Tag tat mir wohl. Nur die Witterung wechselte, aber das bescherte mir zusätzliches Wohlgefühl. Es begeisterte mich, die wechselnden Stimmungen am Meer zu erfahren. An einigen Tagen tobten die Wogen haushoch gegen den Strand, wir mußten am Kamm der Düne entlang gehen und uns gegen den Sturmwind stemmen. Manchmal waren es Regenfluten, die uns entgegenpeitschten, bis wir durchnäßt und lachend in einer Welt strömenden, dröhnenden Wassers unterwegs zu sein schienen. Aber es gab auch nahezu sommerliche Stunden, mit wolkenlosem Himmel und kobaltblauen Wellen, die es zuließen, im warmen Sand zu liegen, die Sonne heiß auf dem Gesicht zu spüren, oder wie ein Kind mit Steinen und Muscheln zu spielen. Alles, was es gab und was sich uns bot, war mir gut. Ja, es war eine mir gute Zeit. Fast bis zuletzt.

Himmel, fällt mir schwer, hier und jetzt auch das aufzuschreiben, was mir zuletzt nicht hätte passieren dürfen! Und ich muß es ja auch nicht tun, niemand zwingt mich zu diesem Tagebuch, ich selbst habe es mir auferlegt!

... ein Montag.

Wieder sind mehrere Wochen vergangen.

Weihnachten ist bereits vorbei, und ich hatte keine Mühe, Festlichkeiten abzuwehren, denn ich lag im Spital. Mein Einzelzimmer blieb dunkel und still. In der Ferne hörte ich zwar auch dort kläglich gesungene Weihnachtslieder, Patienten wurden mit Keksen und Tannengrün beschenkt, aber ich bat die Schwestern, mich ungeschoren zu lassen. Da es mir immer noch nicht sehr gut ging, wurde meine Bitte ohne Widerrede erfüllt.

Weiß der Teufel, warum, aber ich *brach zusammen*. Man kann es nur so nennen. Ein schwerer Bandscheibenvorfall *und* ein leichter Herzinfarkt suchten mich unisono heim, die Ärzte in der Klinik meinten, solches geschehe selten, aber es geschehe. Es passierte am Abend dieses Donnerstags im Dezember, an dem ich die letzte Eintragung noch ausgedruckt und in die Mappe gelegt hatte und an dem Vincent mich nachmittags besuchte. Hortensia hatte uns Tee und gebutterten Toast serviert und war dann nach Hause gegangen. Wir zwei saßen einander allein geblieben, seltsam wortkarg, fast verlegen gegenüber. War es, weil wir nach der Portugalreise verstummt waren? Weil wir dort zuviel und danach zuwenig miteinander gesprochen hatten? Jedenfalls fragte Vincent plötzlich: »Warum sind Sie mir wieder entwischt, Paulina?« *»Entwischt?!«* »Ja. Wir waren uns nah und jetzt sind Sie wieder weggelaufen.« »Wir sind uns vielleicht ein wenig nähergekommen, aber nichts hält uns fest, also ist *entwischen* das falsche Wort. Ich bin nur wieder in die uns gemäße Distanz gegangen.« »Aber *warum?«* Seine eindringliche Frage machte mich zornig, zornig auf das Leben, nicht auf ihn. Aber dieser Zorn stieg heiß in mir hoch, besiegte meine Zurückhaltung. »Vincent, bitte! Ich danke Ihnen von Herzen für die Zeit am Meer, sie wird mir unvergeßlich bleiben. Aber fahren Sie jetzt ohne Umschweife mit Flory in die Berge, das Schifahren wird Ihnen beiden guttun, und vielleicht auch Ihrer Ehe. Ich habe mich am letzten Tag in Portugal zu etwas hinreißen lassen, was ich absolut nicht hätte tun sollen, ich möchte diesen Abschluß unserer Reise vergessen und bitte Sie, es ebenso zu halten. Ich bin eine alte Frau, Vincent, ich habe zur Zeit Schmerzen und bin sehr müde, ich möchte Sie – jedenfalls lange Zeit nicht mehr sehen. Lassen wir's gut sein mit uns beiden, bitte! Lassen Sie mich wieder in Ruhe!«

Als ich schwieg, sagte Vincent vorerst kein Wort. Er sah mich nur an. Auch dieser Blick wird mir wohl unvergeßlich bleiben. Der dunkle Winternachmittag schien alles aufzusaugen, ich fühlte die Dunkelheit in mir. Es war sehr still um uns, im Haus, auf der Gasse, und in den winterlichen Gärten rundum regte sich nichts. Auch wir saßen bewegungslos da, bis Vincent plötzlich fragte: »War das denn wirklich so schrecklich für Sie, was uns beiden am letzten Tag geschah?« Mir erschien vorerst unmöglich, darauf zu antworten, ohne ihn anzuschreien. Aber warum will ich ihn anschreien, dachte ich gleichzeitig, er hat doch nichts Böses getan, im Gegenteil, er hat etwas erstaunlich Liebevolles getan, was schreit da in mir? Schließlich zwang ich mich zu einer ruhigen Antwort. »Nein, es war nicht schrecklich für mich, ganz und gar nicht, es war nur – unpassend.« »*Unpassend?*« Dieses Wort schien ihn ehrlich zu erstaunen. »Ja! Nicht zu mir, nicht zu meinem Leben, nicht zu meinem Alter, nicht zu meinem Rückzug, nicht zu meiner Gemütsverfassung, nicht zu meinem Körper, zu gar nichts passend! Es war nicht schrecklich, aber es war falsch!« »Wie kann etwas falsch sein, Paulina, das sich erfüllt hat?« »Gar nichts hat sich erfüllt!« jetzt wurde ich heftig, »wir hatten getrunken, wir waren davor stundenlang am Meer, in der Sonne, ein herrlicher Tag, ein wunderbares

Abendessen, all die stereotypen Sinnesfreuden, die Menschen zueinandertreiben, und ich vergaß mich. Ja genau! *Ich vergaß mich!*« »Aber ich war völlig bei mir, Paulina. Wir haben uns einen gemeinsamen Wunsch erfüllt, wir haben gelebt und uns geliebt.« »Wir haben uns nicht geliebt. Sie, Vincent, waren nur zugegebenermaßen sehr zartfühlend und behutsam und haben mit einer alten Frau so geschlafen, daß die sich in Empfindungen verlor, als wäre sie noch jung. So was geschieht, man weiß das, ich wußte nur nicht, daß es auch mir geschehen könnte. Nachträglich schäme ich mich. Tut mir leid, Vincent, ich schäme mich eben, und diese Scham ist kein gutes Gefühl Ihnen gegenüber, Sie verdienen es nicht. Deshalb bitte ich Sie nochmals, die Sache zu vergessen.« »Die Sache«, sagte er leise. »Ja, die Sache«, wiederholte ich mit einer möglichst klaren und festen Stimme.

Und dann wurde mir mulmig. Ich fühlte mich schlecht, atmete schwer, mein Brustkorb schien sich zu verengen. Und ich konnte kaum noch aufrecht am Sofa sitzen, so sehr schmerzte mein Kreuz. Der Schmerz zog in mein rechtes Bein, es wurde unerträglich. Was Vincent und ich jetzt noch sprachen, weiß ich nicht mehr, all meine Aufmerksamkeit wurde vom körperlichen Elend aufgesogen. Jedenfalls bat ich ihn schließlich mit letzter Kraft und Höflichkeit, zu gehen, ich sei todmüde. Es war ihm anzusehen, daß er mir nicht glaubte, aber seine besorgte Frage »Geht es Ihnen nicht gut, Paulina?« konnte ich noch mühsam belächeln, ehe ich ihn nahezu hinauswarf. Dann lag ich auf dem Sofa, bis ich Hortensia anrief. Ich rief sie erst an, als ich knapp davor war, bewußtlos zu werden. Als man mich abholte, war ich bereits bewußtlos.

Samstag.

Einige Tage konnte ich nicht schreiben. Besser gesagt, ich durfte nicht. Am Montag saß ich denn doch zu lange vor meinem Laptop, und zu früh, gleich am Tag nach meiner Heimkehr aus der Klinik. Meine Wirbelsäule revoltierte und die Physiotherapeutin schimpfte. Was mir denn einfiele, meine Haltung vor dem Computerbildschirm hätte den »Vorfall« mit Sicherheit auch herbeigerufen, ich müsse meine Rückenmuskulatur durch Übungen stärken, ehe ich wieder stundenlang schreiben dürfe! (Mir gefällt ja das Wort *Vorfall*, mit dem Doppelsinn, der darin steckt. Tatsächlich ist einiges vorgefallen, ehe mein Knochengerüst nach vorne fiel.)

Ich versuchte zu erklären, daß ich Tänzerin gewesen sei und dabei ein Leben lang Haltung geübt und meine Rückenmuskulatur trainiert hätte, daß ich also jetzt wohl auch erlernen könne, mich vor dem Computer in einer Weise aufrecht zu halten, die mir nicht schade. Aber da schimpfte sie noch mehr. Dieses Tanzen! Gar Ballett! Das sei überhaupt das Schlimmste für einen Körper, ich solle froh sein, nicht noch mehr Schäden davongetragen zu haben. Für mein Alter sei ich »vergleichsweise ja noch ganz gut im Schuß«, meinte sie, »das kriegen wir schon wieder hin, Werteste.«

Sie ist eine kräftige Frau um die fünfzig, im Grunde genommen nett und kompetent, nur auch allzu kräftig bei Stimme. Sie brüllt, wenn sie spricht, und ihre Aussagen geraten meist etwas rauh. Aber sie half mir im Spital durch ihre Behandlungen, die sie auf wohltätige Weise schweigend zu verabreichen pflegt, an einer Operation vorbeizuschlittern. So knapp nach dem Herzinfarkt hätte ein operativer Eingriff mich wohl allzusehr hergenommen. Dieser Infarkt war gottlob (soweit ein Infarkt das sein kann) relativ bedeutungslos, aber eine Weile lang konnte man mir die Schmerzen des »Vorfalls« nur mit Hilfe von Infusionen erleichtern, die Physiotherapeutin trat erst gegen Ende des Klinikaufenthalts in mein Leben. Jetzt besucht sie mich jeden zweiten Tag auf privater Basis, da ich mich noch schonen und das Haus wenig verlassen soll. Wer wie ein Löwe darüber wacht, ist natürlich Hortensia. Ich habe ihr wohl einen grausamen Schrecken eingejagt, als ich sie damals anrief und sagte: »Hortensia, ich glaube, ich sterbe.« Unklar bleibt, ob ich ohne ihre rasche Hilfe nicht wirklich gestorben wäre. Aber ich lebe und schaue wie zuvor auf die Ahornbäume hinaus, die heute einen blauen Himmel durch ihr kahles Geäst schimmern lassen. Knospen sind noch nicht erkennbar, aber etwas Drängendes liegt über den Zweigen, die sich in einem leichten Wind wiegen. Als ich durch Wochen untätig in meinem Spitalsbett lag, habe ich mich auf irrationale Weise nach meinem Haus gesehnt. Nach meinem Haus als Paradies des Friedens, als immerwährende Zuflucht, als Heimat meiner Seele. Wahrscheinlich sehnte ich mich nach dem Tod, oder zumindest nach einem erlösenden Jenseits, und verband diese Sehnsucht mit Bildern meines Hauses. Jetzt bewohne ich es wieder und betrachte es naturgemäß realistischer, ich sehe den trüben Alltag, die Wunden der Zivilisation rundum, und ich nehme vor allem mich selbst bedrückend wahr, und zwar als eine, die eben noch nicht starb und weiterleben muß.

Aber ich bin gern daheim und fühle mich in all meiner Schwäche und Mattigkeit hier geborgener und weitaus wohler als in der Klinik. Hortensia hat mich angefleht, eine ständig im Haus anwesende Pflegeperson zu engagieren, aber dieses Flehen habe ich nicht erhört. Ich bringe mich gut alleine durch, wenn Hortensia nicht da ist, sie bereitet mir ohnehin alles und jedes sorgsam vor, ich brauche nur an den Kühlschrank zu gehen, Kissen und Decken liegen parat, das Bad blitzt, nichts fehlt. Nach wie vor liege ich viel im Bett oder auf dem Sofa vor dem Fernsehapparat. Die Medikamente nehme ich pünktlich ein, wenn die Physiotherapeutin brüllend ins Haus kommt, bin ich brav auf die ruhige Kraft ihrer Hände vorbereitet, und zu ärztlichen Kontrollen begleitet mich Hortensia. Sie hat mich in der ersten kritischen Zeit ja nahezu täglich im Spital besucht, ich mußte später ärgerlich werden und schimpfen, um die Häufigkeit ihrer Besuche zu mäßigen. Was täte ich nur ohne diese Frau.

Jetzt eben rief sie mir zu, ich solle nicht zu lange am Laptop sitzen bleiben, sie ginge jetzt, ich möge sie sofort anrufen, wenn mir auch nur das geringste fehle. »Danke, Hortensia, das tu ich, schönes Wochenende!« rief ich zurück. Und jetzt hörte ich das Schließen der Haustür.

An das Telefon gehe ich zur Zeit nicht. Gerade eben läutet es wieder. Sehr lange. Zu lange.

Vincent wollte mich irgendwann im Spital besuchen, wohl als er vom Schiurlaub zurückkam und von Hortensia erfuhr, was passiert war. Sie drängte mich, ihn zu empfangen, aber ich verweigerte es und verbat mir außerdem jeden Kontakt mit diesem Mann. Ihre Augen, die mich anstarrten, wurden groß und hell vor Verständnislosigkeit. Ich weiß, daß sie kurz annahm oder hoffte, unsere Meerreise hätte eine Freundschaft gegründet, hätte mir einen Menschen erworben, auf den ich mich verlassen könne. Auf den *sie* sich vor allem verlassen könne! Ich weiß, daß sie meinen Rückzug nicht gutheißt und bedauert, aber ihr zuliebe kann ich es nicht ändern. Es ist mir unmöglich, Vincent wiederzusehen.

Ich glaube, ich sollte jetzt wirklich aufhören zu schreiben. Vielleicht mache ich ein paar Schritte in den Garten hinaus, bewegen soll ich mich ja, die Wirbelsäule und das Herz, beide benötigen Bewegung. Leben benötigt Bewegung, Stillstand ist Tod, ich weiß.

Aber will ich es noch, dieses Leben?

Sonntag.
Frühling ist ausgebrochen. Die nackten Äste glänzen in der warmen Sonne, wo man mir die Bäume

geraubt hat, sind die häßlichen Nachbarvillen blitzklar zu sehen. Auf meinem Rundgang durch den Garten hielt ich die Augen lieber gesenkt, sah erste Schneeglöckchen und betrachtete, was *Erbert* und sein Bekannter zum Zaun hin gepflanzt haben. Das sieht alles dürr und jämmerlich aus, da muß noch weit mehr Frühling walten, um diese Sträucher und Bäumchen ergrünen zu lassen.

Kurz hielt ich mich im vergilbten Liegestuhl am Ende des Gartens auf, sah das Himmelsblau über mir, schloß die Augen und fühlte Sonnenwärme auf dem Gesicht. Erinnerungen an das atlantische Meerlicht wollten mich überkommen, und das wollte ich nicht. Habe ich mich doch allzu ausführlich erinnert und seitenlang die portugiesischen Tage beschrieben, und das tat mir offensichtlich nicht gut. Mehr als das, es brachte mich fast um. Also rappelte ich mich wieder hoch und floh ins Hausinnere. Und um völlig von vergangenen Freuden abzurücken, setzte ich mich über den leidvollen Bericht meines Steuerberaters. Er arbeitete jahrelang für Neblo, für dessen hiesige Belange, und nach Neblos Tod weiter für mich. Alfred Schuller heißt er, ist ein reizender Mann, und wie Neblo nenne ich ihn seit eh und je nur »den Schuller«. Der Schuller gehört als fester Bestandteil, ja nahezu familiär in mein Alltagsleben, obwohl wir einander meist nur wenige Male im

Jahr treffen. Immer ließ ich ihn vertrauensvoll schalten und walten, ohne mich näher um finanzielle Details zu kümmern. Das Desaster der derzeitigen Weltfinanzlage scheint jedoch auch vor meinem bescheidenen Vermögen nicht haltzumachen, Schullers letzter Brief klang nach echter Besorgnis, und er bat mich darin inständig, die mir ebenfalls per Post zugesandten Papiere mit seinen detaillierten Angaben aufmerksam zu studieren. Das versuchte ich vorhin zu tun.

Anders als bei politischen Fragen fehlt mir im wirtschaftlichen Bereich echtes Verständnis, nur in groben Zügen kann ich mir dabei klarmachen, worum es geht. Auch in meinem persönlichen Fall ist es so, aber es kümmert mich nicht allzu sehr. Natürlich ist es ein *Fall,* der Fall aus abgesicherter Höhe in die Niederungen finanzieller Sorgen. Jedoch nicht allzu dramatisch, denke ich. Jedenfalls vorerst noch nicht. Ich muß einfach früh genug sterben, damit sich's ausgeht.

Ich legte Schullers Aufstellungen zur Seite und setzte mich an den Schreibtisch.

Zu Beginn meiner Tagebuchaufzeichnungen wollte ich doch vor allem die Gegenwart würdigen und hochhalten. Rückblick und Vorausschau wollte ich möglichst strikt vermeiden. Es gelang mir nicht. Der Mensch lebt wohl zu sehr im Gewesenen und Zukünftigen, die Gegenwart ist stets nur ein Punkt dazwischen. Dieser Punkt heiß *Jetzt*, ich spreche es aus, *Jetzt*, und er ist vorbei. Punkt auf Punkt. Die Jetztpunkte reihen sich aneinander und werden zur Lebenslinie, die verläuft, sich verläuft, ausläuft, endet.

Ich war kurz in der Küche und aß ein Schinkenbrot. Mir war danach, irgend etwas zu essen. Ich bin müde. Meine Gedanken ermatten, ich merke das, sie werden matt, so matt wie ich mich fühle. Es geht mir nicht gut.

Dienstag.
Ich blieb einen ganzen Tag lang im Bett. Besser gesagt, von Sonntagabend an bis heute Morgen. Ich nahm die doppelte Dosis Beruhigungspillen ein, schlief, und hatte dabei nur so geringfügige Schmerzen, daß dieser Schlaf mir wohltuend half, im Nichts zu verschwinden. Ich wollte weg. Noch mehr weg als nur ins Schlafen, aber wenigstens das gelang. Hortensia gefiel es nicht, sie schimpfte. Sie versteht nicht, daß ich verweigert habe, eine Kur zu machen, mich rundum pflegen zu lassen, daß ich nichts will, außer *estar em casa*, »immer nur zu

Hause, und immer alleine bleiben«, mault sie vor sich hin.

Dabei weiß ich gar nicht, ob ich das will, es gibt für mich nur keine andere Möglichkeit mehr.

Mittwoch.
Und ich wollte plötzlich nicht mehr weiterschreiben. Überhaupt nicht mehr weiterschreiben. Wollte dieses späte Tagebuch wieder beenden, ehe mein Tod es abschließen würde. Aus, dachte ich, aus und Schluß. Was bringt es, außer Zeitvertreib zu sein? Dieses penible Zurückhorchen, um vergangene Gespräche möglichst genau wiederzugeben, dieses Zurückschauen auf Bilder und Eindrücke, die sich bereits wieder verloren haben, diese Unmöglichkeit bei alledem, Gegenwart festzuhalten, ich empfand es plötzlich als töricht und sinnlos. Und mir wurde außerdem klar, daß ich Themen auswich. Daß ich geschrieben und geschrieben und nie das Sterben meiner Tochter berührt habe. Heute wollte ich die Datei im Computer löschen und die Mappe mit den ausgedruckten Seiten verbrennen. Und jetzt sitze ich wieder vor dem Bildschirm und schreibe wei-

ter. Obwohl ich meine Meinung nicht wirklich geändert habe, schreibe ich weiter. So sehr kann Belebendes wirksam werden. Ja, ich war bereits in gewisser Weise leblos. Befand mich am Rand dieses Abgrundes Endlichkeit, bereit, hinunterzuspringen. Obwohl mein Zusammenbruch mich nicht getötet hatte, kam ich wie gestorben in mein Haus zurück.

Und heute hat das Leben mich wieder ergriffen.

Jetzt ist Nacht, die Tischlampe beleuchtet Bildschirm und Tastatur und spiegelt sich in den Fensterscheiben vor mir. Ich bin hellwach und fühle mich trotz meines heftig klopfenden Herzens gut. Seltsamerweise schäme ich mich nicht, lache ich mich nicht aus, mache ich mir keine Vorwürfe. Seltsamerweise nahm ich diesmal an, was mir geboten wurde. Vielleicht tat ich es, um nicht sterben zu müssen, aber egal, ich tat es.

Ich saß am frühen Nachmittag vor dem Tisch und der Tagebuchmappe, die Hände im Schoß. Draußen regnete es. Die Düsternis, das nasse Grau, der endlos hinter mir liegende Winter, das endlos scheinende Elend aus Trauer und Verzicht, dazu mein Altern, meine sich unaufhaltsam dem Ende zuneigende Lebenszeit, all dies kreiste mich ein, wurde zu einem Sog aus Dunkelheit. Ich war bereit, ich wehrte mich nicht mehr. Vorerst galt es nur noch, das Tagebuch zu vernichten. Die Datei *Spätes Tagebuch* zu löschen und die Papierblätter im Kamin zu verbrennen.

Ich wurde daran gehindert, als ich entschlossen die Hand heben wollte, um den Computer zu öffnen. Genau zu dem Zeitpunkt, als ich ernsthaft bereit war, jeden fiktiven Halt aufzugeben und mich loszulösen, legte eine andere Hand sich auf meine Schulter. Ich hatte nichts gehört, nicht gehört, daß jemand ins Zimmer gekommen war, aber ich erschrak nicht. »Hortensia hat es mutig auf sich genommen, mich hereinzulassen«, sagte Vincent, »sein Sie ihr bitte nicht böse. Aber ich wollte mich wenigstens von Ihnen verabschieden, Paulina.« Ich wandte mich um. Vincent stand vor mir und schaute ruhig auf mich herunter. »Setzen Sie sich«, sagte ich. Er suchte nach einem anderen Sessel, zog ihn zu mir her, und wir saßen plötzlich nebeneinander. »Sie wollten gerade schreiben?« fragte er. »Nein, ich wollte gerade vernichten, was ich geschrieben habe.« »Was haben Sie denn geschrieben — wenn ich das fragen darf?« »Dürfen Sie. Ein Tagebuch.« »Ein elektronisches Tagebuch?« »Ja, aber ich drucke jede Seite aus«, sagte ich und wies auf die Mappe. »Seit wann führen Sie es?« »Seit etwa einem halben Jahr.« »Und warum wollen Sie es jetzt vernichten?« »Verhören Sie mich eigentlich, Vincent?« Jetzt lachte er leise auf.

»Fast, Paulina, fast werde ich da unversehens zum Polizisten! Warum bitte diese Seiten vernichten? Dazu neigen Sie, Paulina. Auszuradieren, was geschah.« »Ich radiere nichts aus, nur weil ich es nicht fortsetze«, sagte ich.

Wir schwiegen und sahen uns an.

»Sie wollen sich also verabschieden?« fragte ich. »Ja, ich gehe weg«, sagte Vincent, »ich werde wohl nach Hamburg ziehen. Mit Flory.«

Ich weiß nicht, ob es mich traf, das zu hören. Was ich aber weiß, ist, daß es nicht schmerzte. Als ob die Stelle, an der es mich vielleicht getroffen hatte, Übung darin bewies, sich treffen zu lassen.

»Ach ja«, sagte ich nur.

»Ja«, sagte Vincent.

Wieder schwiegen wir und sahen uns an. Stille umgab uns. Schließlich sprach er weiter. »Flory ist sehr vernünftig geworden, Paulina, erstaunlich vernünftig. Wir waren während des Schiurlaubs wenig auf den Pisten und viel im Gespräch, wir haben ausführlich und lange miteinander gesprochen, es hat uns gutgetan. Die Klinik und die Therapie scheinen tatsächlich Wirkung erzielt zu haben, sie ist ein neuer Mensch geworden. Ich erzählte ihr auch, mit Ihnen verreist gewesen zu sein, und statt der unterdrückten Eifersucht, die ich trotz allem irgendwie erwartet hatte, strahlte sie auf und rief: ›Mit Paulina! Wie schön!‹« »Warum sollte Flory auf mich eifersüchtig sein«, sagte ich. »Warum sollte Flory *nicht* auf Sie eifersüchtig sein«, sagte er. Und wieder schaute er mich an.

»Und Sie glauben fest daran, daß Flory ein neuer Mensch geworden ist, wie Sie es nennen?« mit dieser Frage hob ich das entstandene Schweigen wieder auf, »ich frage Sie das nur, weil Sie mir früher erzählt haben, daß Ihre Hoffnungen, sie hätte sich geändert, immer wieder enttäuscht wurden.« »Jetzt ist es – irgendwie anders«, sagte er, »*sie* ist anders als früher. Ich kann es nicht genau erklären – aber es ist für mich diesmal nicht nur eine Wendung zum Besseren, sondern eine ganz und gar neue Wendung. Ich erlebe Flory neu.« »Dann ist es gut«, sagte ich. »Ja, es ist gut«, sagte er, und wieder sahen wir uns schweigend an. »Und es wird noch besser sein«, fuhr er fort, »wenn ich wegziehe. Wenn ich diese Stadt verlasse. Ein Kollege läßt sich in Hamburg nieder und hat mir angeboten, dort die Praxis mit ihm zu teilen. Ich mag Hamburg, Flory auch. Also übersiedeln wir dorthin.« »Flüchten Sie?« Ich war selbst erstaunt, daß ich mich getraute, das zu fragen. Daß ich die Selbstsicherheit besaß, das zu fragen. Ihn schien die Frage nicht zu überraschen. »Auch – ein wenig«, gab er zur Antwort, »aber nicht nur. Als ich vom Schifahren zurückkam, erfuhr, daß Sie sehr krank im Spital lagen und mir verboten wurde, mir von Ihnen verboten wurde, Sie dort zu besuchen, habe ich mich besonnen. Paulina hat vielleicht recht, dachte ich, vielleicht sind uns Abschiede ebenso geboten wie Begegnungen, und ein Fehler wäre, sie wegdrängen zu wollen. Deshalb bin ich heute hier. Um mich zu verabschieden.« »Ich danke Ihnen«, sagte ich. Und nach einer Pause: »Aber das Wegziehen – die andere Stadt – muß sein?« »Es muß wegen Flory sein. Ich möchte ihr einen Neubeginn schenken. Vielleicht – vielleicht uns beiden einen Neubeginn schenken.« Er griff plötzlich nach meiner Hand. »Und Ihnen einen Neubeginn schenken, Paulina!« »*Neubeginn*«, wiederholte ich, als sagte ich ein mir unbekanntes Wort. »Ja, genau!« rief er, »mir war aus der Ferne, als gäben Sie auf. Als hätten Sie losgelassen. Und wenn ich jetzt hier erfahre, daß Sie tatsächlich ein Tagebuch vernichten wollten, möchte ich Sie gern in die Arme nehmen und schütteln. Schütteln wie jemanden, der wieder zu sich kommen soll. Kommen Sie bitte wieder zu sich, Paulina!«

Und dieser Satz gab den Ausschlag.

Diesen Satz hatte Vincent schon einmal zu mir gesagt, als ich nach dem Schlägern der Bäume nicht mehr leben wollte. Auch damals hat er mich mit diesem Satz zurückgerufen.

Ich schreibe ihn nochmals auf.

Kommen Sie wieder zu sich, Paulina.
Mehrmals unterstrichen wäre er, dieser Satz.

Jetzt muß ich aufhören. Das Bemühen, die Sätze, die am Nachmittag gesprochen wurden, möglichst präzise niederzuschreiben, hat mich vielleicht ein wenig überanstrengt. Plötzlich bin ich erschöpft. Ich schaue lieber nicht auf die Uhr, sicher bin ich bereits in den frühen Morgen geraten.

Einige Stunden später.
Ich schlief nicht. Ich konnte nicht schlafen. Ich weinte. Es begann, als ich im Badezimmer vor dem Waschbecken stand. Ich sah mein Gesicht im Spiegel. Und ich sah es plötzlich genauer an, weil —
nur weiter, Paulina, nicht zögern, schreib weiter —
weil mein altes Gesicht Augen besaß, aus denen meine Tochter mich anschaute. Der Blick, mit dem ich mich selbst maß, fuhr in mich wie ein Pfeil. Wir waren uns ähnlich gewesen, ja, aber das war es nicht. Es war nicht etwa die Wahrnehmung unserer Ähnlichkeit, die mich ergriff. Auch hat

diese Ähnlichkeit sich mittlerweile verloren, denn sie starb jung und ich bin alt. Es war der Ausdruck *in den* Augen, den ich bei ihr so gut gekannt hatte und der mich plötzlich aus meinem eigenen Gesicht überfiel und mich wehrlos machte. Wehrlos, meine Tränen zurückzuhalten.

Ich habe viel und oft geweint, ja, ich weiß. Aber mir schien plötzlich, als hätte ich lange, lange nicht mehr geweint. Als hätte ich Ewigkeiten lang nicht mehr geweint. Als wäre das bisher etwas anderes gewesen, wenn ich weinte. Als hätte das stets irgendwelchen Umständen gegolten. Als hätte ich es unterlassen, jemals mich selbst zu beweinen. Und jetzt sah ich diesen Blick, aus dem das Bejahen von Leben sprach und gleichzeitig das Wissen vom Tod. Meine Tochter konnte so schauen. Als sie starb, so früh starb, wußte ich, warum. Und jetzt hatte ich nicht in meine eigenen, sondern in ihre Augen geblickt, nachts, vor dem Badezimmerspiegel. Ich begann zu weinen und konnte nicht mehr aufhören. Ich legte mich auf mein Bett und weinte. Daß so viele Tränen in einem sind, wußte ich nicht, es strömte über mein Gesicht, das Kissen wurde naß, und ich tat nichts dagegen, ich ließ es ganz einfach zu. Ich beweinte mich, mein Leben, beweinte, was mir genommen wurde, beweinte Verlust und Abschied und jeden Schimmer von Seligkeit.

Freitag.

Der Regen hat die Knospen an den Ahornbäumen anschwellen lassen, heute glänzen sie in der Sonne. *Sinn-bild*, dachte ich mit leisem Spott, jetzt, nachdem ich es aufschrieb. Ich werde vorläufig nichts mehr aufschreiben. Aber auch nicht vernichten, was ich aufgeschrieben habe, mag es das sein, was es ist, und bleiben, wo es ist.

Maxime rief gestern an. Ich ging ans Telefon und hob ab, etwas, das ich lang nicht mehr getan habe. Und er forderte mich auf, ja er flehte mich förmlich an, bei seinem Ballettabend mitzuarbeiten. »*Was?*« rief ich. Ja, ich hätte recht gehört und solle nicht gleich aufbrausen, der Dirigent Wöser und die Direktion wüßten ja noch von mir, nach wie vor gelte mir deren Bewunderung, und der junge Choreograph sei zwar begabt, aber noch ungeübt und im Moment schrecklich hilflos, er bräuchte wen zur Seite, nur ein wenig Beratung, Paulina, ein wenig Schützenhilfe, sei lieb! Es war eine von Maximes typischen Wortkaskaden, aber zu meiner eigenen Überraschung sagte ich plötzlich: »Gut, ich schaue mir die Sache an.« Maxime jubelte. Ich bin sicher, vor allem weil er Gesellschaft braucht und sich vorstellt, es wäre ihm hier in der Stadt weniger langweilig, wenn ich bei den

Proben dabei bin und vielleicht auch hinterher in seiner Nähe. Aber egal. Ich werde mir die Sache wirklich anschauen, werde vielleicht mitarbeiten, werde mich jedenfalls doch noch einmal in diesem Leben dem Tanz nähern. Egal, ob ich bald wieder davon lasse oder dabeibleibe. Nichts zwingt mich, das ist ein feiner Standpunkt. Die Physiotherapeutin fand gestern, ich hätte den *Vorfall* wieder recht erfolgreich gebändigt, und meinem Herzen, denke ich, geht es gut genug. Also werde ich in nächster Zeit nicht nur zu Hause bleiben und hier vor dem Laptop sitzen, um Leben aufzuschreiben. Ich werde hinausgehen und mir Leben anschauen. Ich werde wieder Menschen tanzen sehen.